# 路邊甘蔗眾人啃

李昂 著

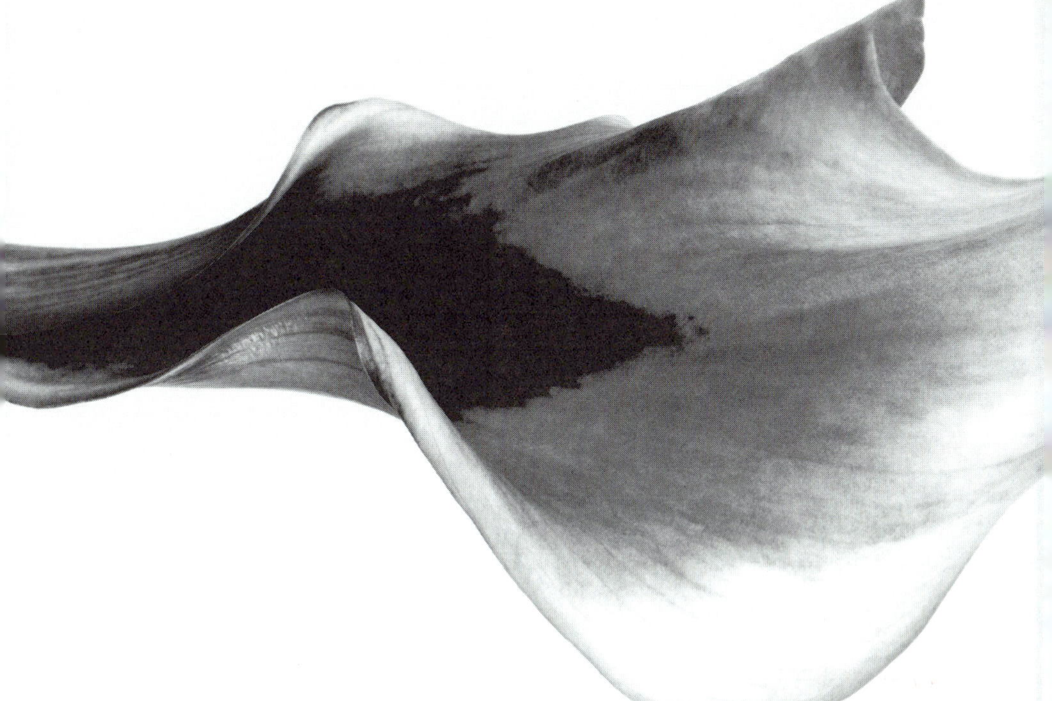

—聲明—

# 虛構的小說

## 1

這部小說著眼於男人與政治、權力、性的關係，布局於反對政營因最能凸顯權力從無到有的強烈反差，其實著眼的是整體的男性政治人物，尤其台灣政壇千奇百怪之現象，不論執政、在野者，皆可能有所表現。

## 2

一九九七年出版的《北港香爐人人插》，是一本有四篇小說並列成的長篇系列小說。同名的《北港香爐人人插》中篇，是這系列小說的第三篇，完全不曾料想到在報紙上只連載這中篇小說三分之一的篇幅時，即引來一場莫名的「對號入座」風波。

本來相對要寫的《路邊甘蔗眾人啃》，只好暫停筆。

作者創作時絕不曾想到要特別去「影涉」任何人的《北港香爐人人插》，都可以無事生波的引出如此多的攻擊。因而不管作者如何解釋，《路邊甘蔗眾人啃》一定也有人會自己前來、或者替旁人「對號入座」。

## 3

既然不論如何都難以自清，作者在書寫《路邊甘蔗眾人啃》過程中，心無掛礙，只寫自己想寫的創作。但必然十分謹慎小心的避開任何人名、事件、情節足以造成紛擾之處。

《路邊甘蔗眾人啃》是一部虛構的小說，除了當中引用的歷史事件之外，作者要用淺白的話說：

小說裏的人物、事件，既是小說創作，如前面所言，是著眼於整體的男性政治人物，小說裏眾多人物、事件皆是創造性的發展，不會與單一的人物、事件有全然雷同之虞。

因而，如有人為任何可以明說、或只有自己知道的理由，自己前來、或者替旁人「對號入座」，作者既解釋也解釋不清，只有說：

「歡迎前來對號入座。」

# 4

先決條件是：

不要像上一回《北港香爐人人插》，對單篇小說只有刊載三分之一的篇幅，即來對號入座，而所謂「批評家」居然就三分之一篇幅大加抨擊。

請完整的先看完小說，再來對號入座。

# 序

寫作一九九七年出版的《北港香爐人人插》的同時，其實也規劃書寫另個長篇：《路邊甘蔗眾人啃》。前者相關女性，後者著墨男人。

用來作篇名的這兩個特殊的詞語，都屬台灣流傳的俚語，非我所新創，不敢掠美。開始計劃書寫時，本來擔心寫男性的《路邊甘蔗眾人啃》易引起不必要的困擾，因而從女性的《北港香爐人人插》著手。

完全不曾想到，一場不必要的「香爐」事件，轉移探討的問題變成一場八卦風波，「對號入座」是為年度的經典名句之一。當然也不再能繼續書寫《路邊甘蔗眾人啃》，以免被認為我專門炒作這些敏感話題。

但對這未能寫成的小說，我其實十分耿耿於懷，一直想要「敗部復活」。再次認真起心動念是二〇〇四年在法國，與莫言等五個人（我是唯一女作家），獲法國文化部頒「藝術文學騎士勳章」，心想大概能抵擋文化圈那些只看三分之一小說，就認為我專門寫這些敏感話題的指控。

二〇〇八年到韓國開一個「Asia Africa」會議，提出的報告，以及之後連續三年在美國多所大學巡迴演講，我更信誓旦旦的說在寫一部「男人的性與政治」的小說。

陸續寫來，離「香爐」事件已十幾年，台灣社會、政治俱有了重大改變。我個人更是不可避免的得面臨因年歲漸長展現的生命中不同課題，此時來寫這樣的小說，有所沉澱，自是會不相同。

仍然感到惋惜，九〇年代當時寫來，力道一定不一樣。其實應該不顧一切的先寫出來，俟適當的時機再出版，方不至有所遺憾。

就算事隔多年來寫，知道仍不免會被質疑是否合宜。我至今不曾間斷的寫了四十幾年的小說，創作是為我生命中最重要的職志，榮辱毀譽，不為所動。

我當然有我的政治認同、意識形態，但在這台灣政治變動至為巨大的十幾年——我相信還可以包括過去以及將來，我小心謹慎的避開所有與政治實質相關的權位、金錢關係，為著能夠不被制約，可以無所顧慮的創作。

然仍有的制約來自小說中諸多使用事件，距今時間短暫，缺乏距離能形成的創造性空間，寫起來諸多考量不免礙手礙腳，好處卻也在尚存印記。年歲漸長，已然到創作的最後階段，只有更加用心，尋求不同書寫形式來接受挑戰。

至於小說涉及的內容，為了避免《北港香爐人人插》的「對號入座」事件重演，一開始我本來還要先作明白宣言：

小說裏的男／女主人翁，那些主要的敍述者，是一個複數的集合，用最簡單的話來說，是「他們／她們」，而不是「他／她」。

著眼的是在權力攀爬過程中可能的共同現象，而布局於反對運動中，更容易彰顯權力取得的無／有過程，並非執政者與權力之間即無此呈現。尤其台灣政壇千奇百怪現象，不論執政、在野者皆如此，小說參照的，更不分政黨。

偉大的小說諸如《迷宮中的將軍》裏多聲部、多重的敍述當然深為我嚮往，但我無能也無意效顰。我只有轉借為「他們／她們」，而不是「他／她」來敍說這男人的性、身體、權力與政治。

所以，特別要請不分政黨的個人勿「對號入座」，也請勿拉「他們／她們」來對號入座。

是所期盼。

## 2

意想不到的是下筆一路寫來，竟然發現，到處都是柳暗花明之處，還真有所不同，比如從小處寫、大量相互的隱喻等等，驚喜之餘對自己的寫作覺有所開展。

但也有新的難題得面對，相對於許多與政治相關的小說，特別是第三世界，大部分都還在抗爭的過程，少有處理到異議份子取得政權後。而這個部分，卻是我想著墨之處。

台灣有了今日華人世界首見的民主，卻也明說著以華文寫作的作者，尚無親身面對此的經驗／寫作，想要有所借鏡，也就很難。

便又得面對一個無人之境。

值得一提的是，除了台灣早已不是九〇年代風起雲湧的衝撞民主自由時期。整個國際局勢，連茉莉花都已經開始革命，有所成果。相較起來台灣民主化過程不曾經過政變、流血革命，算是犧牲較少，十幾年下來民主逐漸深化，也該是到了走過悲情的時候。

更重要的是走過悲情方使得書寫烈士、英雄、神主牌成為可能。

寫作過程便一再轉折變化，臨近作品抵定之時，竟豁然開朗，可以大聲的說出：

歡迎前來對號入座！

是啊！小說本是虛構，尤其上述已一再明言《路邊甘蔗眾人啃》是一個複數的集合，如果有人還要對如此虛構的文本前來對號入座，亦屬個人自由。

特別是，寫作這部小說，基調是男人的權力與性。過往帝王與後宮，可以佳麗三千，到於今的民主時期，時間的巨大轉變，男性政治人物與性之間，女人獨立後今非昔比，演繹出來的關係具有如此多重面相——

與過往帝王／後宮相較，絕對是另類風情。

因而一個男人於今要如《路邊甘蔗眾人啃》小說中主角，有如此翻雲覆雨能力，不僅不易，還更可能被有些男人認為難能可貴，深獲不少男人喝彩，是他們的終極夢想。

此類對號入座便並非貶事，就算前來對號入座，也可能會是「與有榮焉」的對號入座吧！

那麼，也就歡迎前來對號入座。

## 3

更要重提《路邊甘蔗眾人啃》的姊妹舊作《北港香爐人人插》，已有英文、義大利文翻譯正在進行，期待能順利出書。《北港香爐人人插》中的〈彩妝血祭〉更由大法蘭克福地區的達姆斯（Darmstadt）國家劇場改編成為舞作，入圍有德舞蹈界奧斯卡之稱的浮士德獎。

前陣子有大學研究生以此小說來寫論文。事件之時我苦無媒體讓我來作辯說，只有刊載小說的報紙給了僅有的一次機會，讓我提出「請勿自已前來對號入座」。

十幾年後，整個世界的女性議題重新整理，台灣亦邁步向前更趨成熟。同樣的，《北港香爐人人插》中女主角有的翻雲覆雨能力，已然可以加以正視，更能重新探討小說中「女人藉著睡男人來獲取權力」的主題。

易卜生寫著名劇作《傀儡家庭》時，劇中娜拉離家出走追求自我，為當年衛道人士大加撻伐。易卜生憤而再寫《群鬼》，顯示娜拉如不出走留在家中，等待的是多年後長大的兒子因丈夫遺傳性的潛伏梅毒，終成白痴，整個家庭也崩散。

留下來不出走的娜拉，有的會是如此悲慘的命運。

同樣的，《北港香爐人人插》女主角林麗姿，在《路邊甘蔗眾人啃》中，成為林慧淑。不在男人／權力中翻雲覆雨的林慧淑，化身成不同於林麗姿的小說人物林慧淑，等待著她的，會是怎樣的命運？

新世紀新面相，台灣走過悲情／女性後，如不以林麗姿翻雲覆雨的能力為貶意，會不會也可能是「與有榮焉」的對號入座？

果真如此，期待一九九七年企圖探討的問題，於今終能不被八卦化，得到嚴肅的看待與討論。

4

這部小說在寫成後，面臨著要不要發表，以及何時出書。年歲已長，老實說的確少了年輕時不顧一切的勇往直前，真的第一次考慮到：是不是還要為一部小說，面對一些不必要的問題，尤其是台灣這十年的整體八卦化。

寫是一定要寫的，對我這種視創作如命的人，也如願的完成作品，但何時發表出書，卻可以有不同的選擇。比如，一段時間後，數年後，當一切都不再如此醒目，自然也不會有什麼困擾。或者是，留下遺囑，死後再發表，有困擾也地下無知。

但稍一思考，年歲越來越長，只會越來越缺乏面對的能力。留遺囑要人處理，也是另類不能面對的推委。

不就可惜了寫這部小說的緣由與心血。

這多年來台灣經濟的不景氣，台灣遠遠的落後其他的亞洲四小龍，尤其相較於中國的崛起，缺乏信心只有故步自封，絕對是形成保守主義的溫床。當一切都只要小確幸時，不要說台灣八〇年代的雄心、九〇年代的開拓不再，政治上的紛爭，敗象的無力解決，許多方面只有淪入細枝末節的口水中。

悶豈只是經濟面，恐怕更是整個社會集體的缺乏出路。

在台灣愈來愈趨保守的氛圍中，所幸仍有公民社會集結力量訴求改進，我決定，還是在這時間點出版這本小說。

二〇一二年得「吳三連文學獎」，也的確是一種助力，最後一根稻草加在出書這一方。

至於何時出書，說來有些人一定覺得可笑。

有一天，一位有「靈感」的友人說：

「明年中，小說要出版。」

她知道我一直在寫小說，但不知道我在寫什麼。

我問她為什麼是明年、明年中，她回答：

「就是這樣覺得。」

哪一年的明年，就二〇一三年出版吧！

不計毀譽，只有「聽天由命」？

作為一個小說作者，最後仍要一再的說：

《路邊甘蔗眾人啃》是一部書寫成的虛構小說。

作品訴說一切，本來無需多言。所以雖說是歡迎前來對號入座，也請一定務必看完了作品，不要像上一回《北港香爐人人插》，不少文藝圈人士，居然對只刊載了三分之一篇幅，即來對號入座的品評。

是所期盼。

附註：

由於諸多考慮遲疑不決，這本書結果拓延至二〇一四年才出版。與我有「靈感」的友人所說略有出入。

卻不免驚奇發現，這小說從大概九〇年代中發想要寫，卻因種種原因讓位《北港香爐人人插》先行，算起來從醞釀到出版，真正是走過整整二十年。

二〇一四年一月三十一日，時值農曆年大年初一，是以為記。

# 開始：祕密

「妳有沒有什麼祕密，那種絕對不能告訴任何人的祕密？」

「當然有，每個人，每個人的人生中，一定有一些不可告人的祕密。」

問我話的是一個相當美麗的女人，尤其在夜深的酒吧間裏。她一張緊緻光亮基本上不帶妝的小小臉蛋，浮在一身黑衣、一頭過肩帶捲的黑髮上，星月搖曳似的清麗。十足良家婦女，而且並不合適這煙霧迷漫的酒吧。同樣的，也因此看不出具體的年齡。

可以從三十幾，四十歲、四十大幾，甚至以上。

往後我依各項台灣戒嚴時期的政治事件作指標，仍猜不出她真正的年齡，因著她介入這些政治事件，可能十八歲，也可以是二十八歲。

只她那一張發光的小小臉蛋，自自然然的年輕，雖然顯得十分憂慮，明白的有心事。

所以當她主動問我「有沒有什麼祕密」時，我沒有什麼在意，泛泛的給了「每個人一定有一些不可告人的祕密」的回答。

我以為她只是我的一個讀者。我除了寫小說，年輕的時候也寫專欄，那種討論女人婚姻、愛情、事業的專欄，當然也談到女人與男人、父權社會的應對策略。

我一向被認定是「具爭議」的作家，因為想要能沒有拘束的從事小說寫作，在專欄的部分採取比較保守的態度。我寫專欄的還是一家據稱銷售百萬的大報，戒嚴時期報禁下的兩大報之一。

那是個只有三家官方電視台、沒有SNG車、沒有網路的時代。尤其一九七九年「美麗島事件」大逮捕後，政治異議份子全被肅清，真正是連帶著使「國家」與「父權」更加緊的運作。

在八〇年代初期台灣社會仍十分保守時，我的社會使命感使我在立論上儘量不激進。我知道鼓勵其時的台灣女人「起來革命」不切實際，我轉了個彎，要她們學習獨立自主，方能立於進可攻、退可守的不敗之地。

我有許多讀者，不是小說讀者是專欄讀者，許多年後，都還常碰到與我年紀相若、或上一代的女性，來同我說我的專欄對她們造成怎樣巨大的影響，幫助她們找到新的出路。

我真的相信，我和我同代的一些婦女工作者，影響了一整個世代的台灣女性。

我因此覺得這在煙霧迷漫的酒吧裏要同我談「祕密」的，只不過是我過去眾多的專欄讀者之一。

尤其當她強調：

「我說的不只是這種祕密，什麼小時候偷父親的錢、被隔壁鄰居的老伯伯猥褻……」

我點點頭表示瞭解。果真她接著說：

「我說的祕密，和感情有關。」

是啊！和感情有關。三十年後，即便台灣的女性、女權有值得驕傲的進步與成就，許多東西仍和感情有關。

老實說我有些興致闌珊。

「妳有沒有過和男人的關係，一直是一個重大的祕密，那種絕對不能告訴任何人的祕密？」

「當然有。」我乾脆的回答。

其時絕對是個狗仔隊盛行的時代，人人都成狗仔，我一直被問相類似的問題，早練就一套制式的回答。可是當她企圖繼續說下去時，我立時感覺到，她並非藉她的故事想來探就我的「祕密」。

我們都知道，兩杯酒下肚，幾個女人們聚在一起談愛情、談男人，每個女人都得貢獻一些自己的故事，連像我這樣的作家，還是個專欄作家，仍常常會情不自禁：

「妳會這樣作一點也不奇怪啊！我那時候……」

然這個美麗但明顯憂慮的女人，睜著一雙光耀閃動的大眼睛，望向虛空，跟本無視我的存在，只沉浸在自己的「祕密」愛情裏，專注的一再說：

「我說的祕密，和感情有關。」

我這才相信她要說的是自己的祕密，開始真正對她在意，也回想適才她是一個政治人物的助理朋友帶來的，介紹時還特別強調：

「她可是認識妳很多朋友。」

這助理說的朋友，指的是與政治相關的人。我因而猜測，這個女人，會與政治有關，她想經由我和一位政治人物的關係，來套問某個政治人物。

然這個素昧平生的女子，雖然是朋友帶來的朋友，畢竟與我全然不相熟識，也不知我的分寸、把握，乍然間說要告訴我一項重大的「與感情有關的祕密」，我的心中不免先是心跳加速——

會不會與正在進行的總統大選有關？

果真，在煙霧迷漫的深夜酒吧裏，這一身黑衣看不出具體的年齡、一張緊緻光亮小小臉蛋的清麗女人，突然好似終於突破了心中重重的障礙、不吐為快的說：

「我的祕密和總統大選有關……」

# 第一章

# 之一

## 1

這一切，都可以追溯到「那」事件。

連這十分偏遠地區的家族，都還一直流傳這樣的一個故事：

二二八事件發生時，軍隊為了搜捕入山的「叛亂份子」，也跟著進入山區，來自北方的中國軍人，對這南台灣亞熱帶地區山裏的種植全然不熟悉，露在外面的臉面、手臂、失去綁腿裸露出來的腳，全被咬人貓咬得紅腫發癢。

不會致命，但卻是如此的騷癢難耐，用手去抓，愈抓愈癢，痛苦之處真有如求生不得求死不能。

軍人下山，來到了他們在山腳下的三合院，問要怎麼辦。事實上是語言不相通，然而院子裏抱著小孩正在餵奶的親族婦人，看著他紅腫的臉面，沒多說什麼，將孩子的嘴從乳頭上移開，以手壓擠因漲奶碩大豐腴的乳房，將奶水噴向他。

（溫暖的奶水噴滿他一頭一臉，因為是乳汁，錯愕中的軍人才不致舉槍反擊？或者，接下來可能會有的性侵？）

軍人很快發現，原來乳汁可以消除咬人貓導致的紅腫發癢。

然這位施奶的親族婦人，並不曾免除親族中人在事件中被殺害，理由是藏匿潛逃回家的「叛亂犯」。

只是從小孩口中被移轉的奶水，並非什麼救命大恩。

山裏的老實作山人家這樣告誡後代。

二次大戰後，中國國民政府接管台灣，台灣民眾初表歡迎，殷切期待，詎料戰後政風腐敗，經濟壟斷，民心日漸流失，終至怨聲載道。

一九四七年二月二十七日晚，台北市延平北路發生專賣局稽查員打傷女菸販並釀成槍擊民眾命案，二十八日台北市民向相關機關抗議未果，反遭行政長官公署機槍掃射，情勢一發難收，擴及全島，各地蜂起，全島騷動。

國府主席蔣介石採用陳儀軍政特務人員一面之詞，派兵來台。

三月八日傍晚，國府軍隊在基隆登陸，繼而向南挺進，在各地展開鎮壓與屠殺，死傷慘重。

三月二十日，長官公署更開始在全島各地展開「清鄉」行動，殺戮牽連遍及深入全島各角落。

美國國務院所刊行的「對華白皮書」中，曾提到軍隊濫殺的情形：

「一九四七年三月九日起，發生廣泛而無差別的殺戮行為。在美國領事館員的宿舍前面，工人並未有任何挑釁行為，就被刺刀刺死。也看到軍人搶奪行路人的錢財。婦女從家中被拉走，老人跑出去抗議，即被兩個軍人砍倒。服務於教會醫院的一位加拿大籍護士，勇敢的奔梭於槍彈中，搶救受傷的人們。當她帶領負傷者往醫院的途中，軍人從後面開槍把負傷者射死。年輕的台灣青年被綑縛起來，用鐵線貫穿手掌，拉過街道盡端。」

事件中存活下來的人，他們記憶這樣的二二八。

# 2

他們結識有一段時間，兩人真正在一起是一次為選舉不公、作票，讓其時素有「黨外之父」落選的抗爭活動。

在高度戒嚴的白色恐怖中成長、就學、工作，膽敢加入協助黨外人士競選的林慧淑，一直被認為見識過人，身具反骨。

有人認為這與她來自的下層階級有關，父親是蔣介石政權拉伕、從中國帶來的老兵，娶的是島嶼東部原住民（那時還被污名為「蕃」）的「蕃婆」，自小看遍貧窮與弱勢者的苦痛，憑藉著尚有的教育機會苦讀，之後不曾依權附勢，反倒投入改革行列。

從小勞動的林慧淑中等較高，有她原住民母親的豐乳圓臀。不是那種秀緻的斜肩、瘦不露骨的傳統美女，但仍會有那類日據時代「國語家庭」遺留下來的風潮，以蕾絲、小碎花、中間色粉藍粉綠粉紫裝飾自己居家（是的，那種面紙盒外面，還要罩一層蕾絲小碎花布套，即便蕾絲花邊已經是機器大量製成）。

這類型的女人在日據時代，在抗議日本人前來殖民統治的漫長五十年裏，會有著這樣令人意外但又讚賞的稱號：

賊婆。

男人作賊也許不見得全然光彩，即便是梁山泊的一〇八條好漢，無論如何總是賊。但被限制大門不出、二門不邁的女人，一當被稱作賊婆，就另有著一番能破除藩籬、不墨守成規的進步美意。

兩人一起參與一場抗議選舉不公的活動。那藉著停電、製造假幽靈投票單、開票算票時大把大把的灌票，還算是有作作樣子。更粗魯的方式是投票所自己填寫得票數，只要較全村、鎮人口數少，管它能投票的人口究竟有多少。

就暴發了流血衝突，人群徹夜圍聚投票所不肯散去要求驗票。

他們共同從那素有「民主聖地」之稱的東部宜蘭坐車到台北。陳俊英剛坐滿十年的牢出來，還是拜囚禁他的蔣介石總統駕崩後的特赦。在讀大學時參與祕密讀書會，雖非主事者（事發後早被槍斃），只不過讀了幾本中國二、三十年代的小說，馬克斯的資本論等這樣的書，也依「懲治叛亂條例刑法一百條」被判了十五年。

陳俊英和讀書會的友人，都是在台灣土生土長，無從被認定是對岸「共匪」的同路人，那被稱作的「匪諜」。因而被劃入「本土性的台獨」，而且是左派台獨，叛亂企圖顛覆政府是為要竊取中華民國，好讓台灣獨立建國，趕走從中國來的蔣家國民黨獨裁高壓政權。

沒被槍斃的政治犯，關出來後，有這樣的一句名言：

「沒被關之前，還不知道自己的理念這麼堅強。」

他們稱被囚的離島像綠島為「綠島大學」，在裏面獲得學習深造。有不少人出來後繼續加入其時開始萌發的黨外運動，陳俊英尤其活躍。是夜偕同林慧淑夜宿台北友人家，明天要到總統府前抗議，被抓被關甚至可能被槍斃，出自彼此的疼惜，一切自然發生。

坐了多年的牢，從牢裏出來仍長期被統治者污名化為「暴力份子」的異議份子，即便為某些人同情，肅殺的白色恐怖氛圍仍深入人心，尤其普遍相較男人保守許多的一般台灣女人，絕大多數對他仍是戒慎恐懼、避之唯恐不及。

同樣在黨外候選人競選總部工作的林慧淑，不會忌諱陳俊英的出身背景，傾心於其時他尚未有機會發揮的才華，算是有識人眼光。陳俊英因一般女性仍不敢靠近，基本上沒有太多的選擇，加上林慧淑頗具吸引力的姿色，很快的確定了兩人的關係。

雖然偶有政治犯同學戲稱他無魚蝦也好，但多半是羨慕又帶嫉妒。他們多數人不要說結婚，連女人也不易有。

只這樣相貌不差的林慧淑，之前自然不乏男人，尤其極可能又是同屬反對運動中的男人。

（畢竟圈子這麼小。）

自那台灣第一次具規模的選舉抗爭事件之後，與林慧淑在一起的陳俊英，便自以為一直在經歷著一段「三人行」，或者甚至要說：

「多人行。」

「三人行／多人行」其時立即來到多數人心中的，一定是一個男人與眾多女人之於林慧淑，便是陳俊英除了她之外，還有其他幾個女人。

他們男人不一向喜新厭舊？

陳俊英尤其一再明言：當絕大多數的男人在女人的床上享受魚水之歡時，他可是在牢裏沒有女人禁慾絕性。

（他出來後多睡幾個女人也是應該的。台灣人欠他，台灣女人不也欠他?!）

只一開始，林慧淑不知道的是，他們之間在歷經多人行，而且這樣的多人行。

啊！林慧淑不知道在她張開雙腿向這個陳俊英坦露出來的陰戶裏，陳俊英時時刻刻感到已有陽具在淋漓汁液中不斷進出、操插，並已給了她至大的滿足。在看著她於一次又一次於巨大的衝撞、擊點之中，她充血的陰戶裏滿溢至極的爽樂到痙攣著要令她弓起身背伸直雙腳——

迎承。

陳俊英以為看到的是過往男人陽具在她身上積累的成效：這個本來就隨性、有著她的蕃人先祖習性的蕃婆，方如此懂得回應與享樂。

陳俊英以為他在進行的是一場多人行。不斷來到陳俊英陽具的因而一再是：林慧淑的陰戶過去曾享有過的不同粗細、不同長短、不同軟硬、不同熱度、不同形狀、不同包皮、不同去了包皮的陽具的不同遺留。

（彷彿根根俱在。）

這些陽具在衝撞、擊點中不同的力道、速度、打擊摩擦，在在與他相互作比較。讓陳俊英有時甚且恍神的以為，會同時有幾根陽具正在林慧淑胴體上進出。

既然陳俊英無論如何揮除不去，還要相互比較這（多根）陽具與自己不同的差異，或兩根陽具分別插入陰戶肛門的滿塞飽足。他何以還意願著這多人行？

那陰戶既銘刻著過去進出過的不同男人陽具，陳俊英以著他參與反對運動堅持的不屈不撓意志，一定要以為，在林慧淑被不同男人陽具進出多年不夠緊實的陰戶裏，他要有效的發揮出他仍然是最粗、長、硬、熱、堅挺、滿塞、最能衝撞、擊點中最準、力道最足、速度最快、打擊摩擦最帶勁……的那一根。

他因而在林慧淑的陰戶裏進出時，一定要咬牙切齒的一再嘟喃：

「插妳、壓死妳、要讓妳爽歪歪、呼爸叫母、哀聲求饒……」

還頻頻加以詢問（被笑稱只差沒嚴刑拷打）：

「妳以前睡過那麼多男人，都很好？」

林慧淑知道「黨外無祕密」，她自己不說，也有那些特務、抓耙仔會通風報信好藉此羞辱他。便得就實回答，但這方面畢竟不易說出口，遮遮掩掩的回道：

「還好啦……」

「還好，還好是多少？」

「沒幾個啦！」

「沒幾個是幾個？」

「幾個啦！」

「是啊！幾個，算算有好幾桌嘛！」

之後陳俊英便每每抽插時一面出聲怒斥：「幹死妳！我幹死妳！操死妳！操死妳這臭ＸＸ……操死妳這眾人騎的臭賤ＸＸ……」

林慧淑無語。

一開始聽來十分刺耳，林慧淑十分明白「眾人騎」這類的詞語的貶低輕視，也不免自覺低賤曾被他的「同志」進出過。但陳俊英通常在要使自己噴射而出之際，在儘力快速衝刺進出操插時，如此出口，林慧淑知曉他高潮到來之後就會結束，學習忍讓著不去多加在意。

直到他們分手，林慧淑在女作家的一部廣被討論的小說中，讀到確實被訴諸文字的「表兄弟」這類的說法：

「你不是說隨時會被抓，不能結婚。現在能結婚，為什麼不娶我？」

安撫了她大半個晚上，他似終於一定決心，破釜沉舟的道：

「老實講，我沒有辦法忍受。妳知不知道外面盛傳，與妳結婚的話，喜宴上，和妳睡過的男人，坐坐沒有十來桌，也有五、六桌。這樣的婚我怎麼結？」

（被至少四、五十根「同志們」的陽具操過的女人胴體，究竟會是怎樣的？

只要想一想，這個女人的下體，被至少四、五十根陽具，射入至少四、五十種不同的精液，而且夜夜春宵，每種男人的精液都大量進入她的體內。她的下體儲存四、五十種大量的不同男人精液，豈不是個「公共廁所」，你丟我撿，穢物全往裏面倒。

不是說不同的男人的精液混合在女人的下體內，比什麼都毒。子宮、陰道內，長期貯滿大量的不同男人射出的精液，在體內混合久了，子宮就不能受孕了。

妓女不都是做一陣子後就不能生了嗎?!

同一個男人的精液適度的留在女人體內，能滋補強身，養顏美容，但如人多且雜、量又大，本該有損，她卻如此明豔肉感，聽說就是因為天賦異稟，天天被至少四、五十根不同的陽具輪流操插的結果。

被至少四、五十根陽具操過的女人胴體，如果不憔悴粗損，又會是怎樣的？）

林慧淑方深切瞭解到，他們之間，應該是早在那反對運動一開始，就註定了彼此間的不可能。

他們的詛咒不來自那些虛無飄渺的命運安排、美麗動人的前世今生天註定，他們的詛咒來自反對運動，一開始，就註定了彼此間的不可能。

（然陳俊英還是要問：

「妳為什麼褲帶不能綁緊一點？

「要不然，要睡，也不要專門在這個圈子同志裏睡啊！」）

許多年後，女作家見到了一個女護士。

那女護士靠著自己的努力，在島嶼美麗的東部靠海城鎮擁有一家度假村，成為小有成就的女事業家。

回到當年那個二十來歲的女護士。家境貧困讀護理學校畢業，回到故鄉，在一家軍醫院工作。在這裏，她成為陳俊英住院的護士。

陳俊英被從離島的監獄送到這本島的軍醫院，因著被毒打刑求後惡化，傷及整個背部脊椎，眼看著不就醫可能就會全身癱，而牢裏不知如何對付一個無法行動、自理生活只有躺在床上的囚犯。

她是他的護士，剛畢業不久，仍有著南丁格爾白衣天使的迷夢使命，對他十分同情，全心意的照顧他。

那臨海小城鎮當時尚未成為觀光重地，販賣東海岸的陽光與海，仍然十分樸實。醫院裏工作的同仁雖然也有人同情陳俊英，私底下願意善待他，可是也僅止於此。他們甚且告誡她：政治犯較其他吸毒、殺人犯更不能接近，她的善意會被解讀為同他一樣的思想犯，可是要依「懲治叛亂條例」一處唯一死刑，就算不連坐，一定影響升遷，更嚴重的話被革職都可能。

「那時候年輕，不曾想那麼多，我還為了他，不願意加入國民黨，那個年代，在軍醫院裏工作，是被要求入黨的。」

同情陳俊英傷勢嚴重，更讓她感動的是前來照顧他的林慧淑。在可以探視的日子裏，前來一趟要坐十來個小時車。這麼珍惜著可以與男人相伴的時間，晚上就拉張椅子坐在病床旁，靜靜的守候。

她夜班前來巡房，看到林慧淑將手伸入蚊帳內，本來以為只是為著可以握住丈夫的手。然後有個晚上赫然發現，島嶼南方溫暖的天氣，蒼蠅蚊蚋叢生，破舊的蚊帳、木條床板上常有缺口，很難避免蚊子飛進帳內。

偏遠地區醫療十分簡陋，那陳俊英被放在大堂眾多病患中，因為視為重刑犯，怕他逃脫，全身上下手銬腳鐐。即便被蚊子咬，也很難伸手抓癢，更不用講打蚊子，何況因著身體疲弱昏沉入睡，常被咬得四處是包。

那年輕的林慧淑將手伸入蚊帳內，為著讓蚊子要咬人時，先咬她。

那美麗的林慧淑，原有一身細緻的光滑皮膚，每來一次探視，就看到一條手臂被蚊蟲咬得紅腫斑斑點點。

多年來，女作家聽聞各式各樣在那個白色恐怖高度戒嚴長達四十年間發生的悲慘事件，但不知為什麼，那其時年輕美麗的林慧淑伸手入蚊帳內握住上了手銬的男人的手，更為了餵飽那防不勝防前來吸血的蚊子，那樣徒然無力的抵擋，不知怎的一直深切的留在女作家心中。

3

而陳俊英必然的還要入獄，只要他繼續從事反對運動，這回是美麗島事件之後的大逮捕。

經過同樣的過程。

一九四九年五月十九日，台灣省政府及台灣警備總司令部共同發布解字第一號佈告，台灣從翌日戒嚴，之後實施長達三十八年的戒嚴，是世界憲政史至今最長的戒嚴。

在這段期間，幾十萬計的人民遭到當局逮捕、審問、處罰和殺戮。

眾多的政治案件，就案件類型而言可分為涉共、台獨、民主運動等幾大類型。若就階段來觀察，一九五〇年代主要以涉共而獲罪者較多，一九六〇年代之後主張台灣獨立而獲罪者則漸多。

戒嚴時期、特別是一九四九～一九九二年間，當時的國民黨當局，憑藉立法部門所制定的「戒嚴法」、「刑法」（內亂罪）、「懲治叛亂條例」與「動員戡亂時期檢肅匪諜條例」等不法侵害人權的法令，佐以大法官會議若干違反人權的解釋，加上行政部門（情治單位）不法或不當的偵辦，以及司法部門、軍法單位不法或不當的審判，軍事長官（特別是蔣介石總統）不法或不當的審核反覆，遂產生許多白色恐怖的政治案件。

台灣曾實施世界憲政史上至今最長的戒嚴。

這回時候到了八〇年代，台灣社會走過了戰後的貪窮，以加工為主的出口貿易，為台灣贏得了經濟奇蹟的財富。

再次坐牢，不像第一次只為參加讀書會讀所謂左派的書，他出來後參與黨外活動、抗爭串聯，在外為他贏得些許名聲了，但逼供刑求與第一次一樣也不曾少。倒是不再有先前坐牢的不可預知的驚嚇折磨，承受的種種苦痛雖一樣。再次進來，有些事成了更大的問題與痛苦。

難友都笑弄說是和一次出來後有的女友有關。

不見天日的牢籠裏，時代在改變，牢裏來來去去關進了各式人等，私密之間，少數被允許能作的慰安，就是用說的。

有人，牢裏的「同學」，並不是與他們一樣的「紅帽子」，而是後期輪調中有時候會與他們關在一起的，那經營錄影帶店販賣色情錄影帶被捕的老闆，特別專研此道（據說是從日文雜誌中得知），一定會講到，而且一再被要求講到。

那AV女優，被當成產業的女王，受到重重的保護，最重點保護的會是什麼？

所有的人，來自中國三十五省不同的方言鄉音，回答此問題時，以台灣南北略不同的口音，熱切的語意，終能大聲說出來，呼喚出口的都是那轉為「國語」寫成的：

陰戶。

（每個人心中各有鄉音在心中寫成的名稱。）

所有的各式稱呼都要呼喚到來轉成國語的：

陰戶。

（每個人心中各有鄉音在心中的名稱。）

可答案是以上皆非。

AV女優最被保護的是她的大拇指。

會有特定的保養，包括按摩、復健、放鬆。

要說得仔細些，被保護的不只大拇指，接連的虎口、接下來的食指，這連成整體的區塊。這原是人類為達成高難度的動作：「拿」的部位，從拿最細的針、較粗些的筷子……

到——男人的陽具在此不斷、不停、快速的一再上上下下的——摩擦。

是的，女人大拇指、食指間的虎口包容，男人的陽具以一分鐘數百下的快速動作被一再搓動。

還有，AV女優當然必得被保護的是？

嘴。這回接上面的手，立即有人回答。

舌？

牙齒？

以上皆是也以上皆非。

那AV女優的保養在拍攝前不能吃任何東西，只有喝水。

重點要維持口水的清澈度。女優口水的清澈度是能不能當紅牌的重大考量之一，有人天生口水清澈，出水量大，有人不如此。總之，拍攝前不能吃任何東西，飢餓感使口水直流外，口水清澈度才最重要。

為什麼？

潤、滑、好不至混淆精液的濃稠度，容易分辨出精液。精液是眾人要看的，不能與混濁的口水相雜。

還有什麼是一定要被保護的？

陰戶雖非首要當然也是重點：

那AV女優的性器，陰戶，當然是被保護的所在，為了不作過度的使用以便延長使用的年限，最好能一直維持稚嫩的玫瑰色粉紅，陰戶不能過勞、被過度使用會導致顏色紫黑紫黑、陰唇顯現疲累老態深紋。

休養期內，連和男友、丈夫做都是不被許可的。

但休養期過後，工作重又啟動，那AV女優的性器，陰戶，必得先被擴張器伸入，進到最深的內裏，利用擴張器將因休息不再被進入而緊縮的陰戶張開，還得擴張到適當的寬鬆度——

免得AV男優的陽具進入過緊的陰戶後被磨破皮、磨傷。

拍攝過程長時間進出，那緊、小、夾、密的所謂男人愛的絕品陰戶，在此是不管用的。

他們一定會談這類話題，只要是這方面，不論說什麼，大夥最後一定轉過頭來問他：

「聽說有賣了許多許多年的女人，那個地方不只沒有過勞，顏色還一直是玫瑰色粉紅，像處女一樣。你看過嗎？」

他照例故作瀟脫的笑笑，不曾回答。

# 之二

## 1

陳俊英在第一次從牢裏出來，即去探望那同屬受難者的家屬，這成為以後每次從牢裏出來，最首先作的幾件事之一。

同屬受難者，獄友們的家屬，一直在情治人員的跟監與恫嚇下，對他不像一般過往的親戚友人害怕被牽連避之唯恐不及。受難者家屬們基本上不會不見，大都還迫切的希望從他們身上得到親人在牢中的訊息。

這回陳俊英去看的還是一個即將不久人世的友人，他的政治犯難友，先他被釋放出來幾年。可牢裏不曾關死他，出來不久後就被診斷得了癌症。

陳俊英偕同其時剛認識不久的丁欣前往。

他們到抵這個即將不久人世的難友，出忽意外的是病人並非臥病在床纏綿病榻，雖然看來身體狀況極差，但仍出來迎接。

丁欣發現是日相當一段時間的相處（後來她知道其實只有差不多半個小時），病人不斷的以紙張拭去從鼻子，嘴裏流出的，並不是那麼多的流液。這顯然令病人不舒服，便時時刻刻的以衛生紙在拭擦。這拭擦後的紙，還被病人捏在手中或放入口袋、而且也放置在家中四處，想必是因著只用過一、兩回捨不得立即拋棄。

於是，便有紙團，那種衛生紙柔軟紙張糾結的紙團，散落在生病的人家中四處。

雖然明知道病人得的是不會傳染的癌症，丁欣仍感到不安，而逐漸的，是因著這四處散落，隨時還要被用到的紙團吧！她居然感到好像整個四周都充滿了細菌、病菌，那種會傳染的東西。

於是，死亡真的成了一種會傳染的東西，並非過往以為的那種心靈層次的蔓延傳染、死亡是揮除不去的陰影之類的說法。

死亡千真萬切的會傳染。

死亡真的成為實體，是可以傳染的，在那雜亂，衰敗的難友的家，在那一團團四散的紙團中。

她放下先前客氣的接受的一個蘋果（前個來探病的人送的），原還吃的，不知怎的，好似那蘋果也滿是病菌，以致如此難以下嚥。

原來死亡可以用這樣的方式傳染，像這用過捨不得丟的紙團，必得吃的蘋果、總有一些東西，令人不快的，從病人來的東西，帶來死亡的傳染。

丁欣知道那衛生紙紙團何以會讓她如此的不安。

她讀過女作家寫的那著名的「衛生紙」的故事。

作為政治犯，第一次自牢裏出來後，他繼續投身入當時的黨外運動，深知自己隨時有著再度被抓、被關、甚至是槍斃的可能。

在他將自己定位作黨外的黨工，在島嶼四處奔波作串聯工作時，永遠背著一個小包包，裏面必然有少量的錢，換洗的內衣褲、牙膏牙刷這些可以設想到的必需品。

然贏得女作家含著熱淚敍述的是：

小包包裏永遠有一整包衛生紙。

那個時代大多數人用一種衛生紙，大約十來公分長、八公分左右寬的一大張，整齊的包成有五、六公分高的一包一包，買的時候可以單包，也可以幾包一疊一起買。

其時捲筒衛生紙還沒那麼普及，面紙也尚未到人手一小包放在皮包裏，餐廳裏的小張簡單餐巾紙也還不是四處可見。所幸八〇年代台灣經濟已起飛，衛生紙的質地柔軟細白，又還不到歐美先進國家已有了環保意識，用的紙張開始粗、黃。

但就算這樣紙張細白質地輕柔的衛生紙，一大包的放在隨身小包，也讓人覺得奇怪不可思議：

「又不是什麼稀罕的東西，隨時隨地都買得到，而且這麼便宜。」

然女作家筆調無盡傷感的敍述，幾次進出監獄的政治犯，輾轉從調查局、警備總部、到軍法處各式各樣的牢裏，深知突然之間毫無預警的被帶走，身上一無所有，即便還有點小錢，牢裏也不能立時購買。

而有這樣一件事是不能等的：

「沒有衛生紙，大號完後，……」

是啊！衛生紙成了超越錢、內衣褲、牙膏牙刷更必要的必需品。立時還無處買、不知如何買。內衣褲可以暫不換洗，不刷牙了不起髒、臭，但的確：

沒有衛生紙……大號完後……

關係到的已是人最基本的尊嚴。

（大號完後，得用手揩屁眼！再怎樣的偉人也經不起吧！）

丁欣心懷著百般的不捨與憐愛，心思要以她女人溫暖的胸懷有所補償，是和陳俊英在一起的重大原由。

然後她發現陳俊英有奇特的使用衛生紙的方式，尤其在歡愛之後，原也不是留下那麼多的精液（他的精液與她的其他男人相較不見得多、或更腥），在她的陰道裏佇留後流出來的並不太多，一兩張衛生紙便足以吸收擦取完畢。可是他會從面紙盒裏一把抓出大疊的紙交給她，看著她鉅細靡遺的拭擦、非得將那一大疊紙用罄才罷休。

大半時候她完事後的倦累與舒坦，自知陰道裏懷帶著他的精液，喜歡躺身下來，自有種飽暖的滿足。可是陳俊英一定要她起身用衛生紙，而且是大把的紙擦拭完才算數。

他自己也是一再的以大量的衛生紙拭擦他尚未全然消小去的陽具。

（仍脹起的陽具，面積仍在才需要用這麼多的紙?!）

她看不到、所以也尚不曾仔細去推想的是他上完大號後，會怎樣用衛生紙拭擦。

她用她女人家的簡易心理分析，分不清他非得除去的是那衛生紙還是他的精液，只有更生憐愛。

兩人最始初，便也是從一對佳偶開始。

（只有之後她才想到，他非得用那衛生紙除去的，也許不只是他流出的精液，或是她陰道潮吹的淫水，而這兩者，事後都得如衛生紙用後即棄。

否則又能如何?!）

## 2

丁欣在戒嚴後期的白色恐怖中成長、就學、工作，膽敢與黨外人士往來，一定被圈內認為有勇氣，絕非那些閨秀派自許的良家婦女可比擬。在當時，之後連任兩屆副總統的黨外才女，正在推廣「新女性主義」，她也參與這波女性運動。之後到雜誌社，很快的升作政治記者。

丁欣可以很自傲的對她的友人們說：

「我們家裏沒有一個人加入國民黨。」

她是女性，加不加入國民黨也許還不是絕對的要求，但五〇年代後男性基本上都被規範得入黨的其時，家裏的兄弟不僅在學校、還能夠在必服的兵役裏仍堅持不入黨，的確不容易。

他們家族還不是二二八或白色恐怖的受難者，只是一般的台灣人家庭，有一個不滿國民黨高壓統治的父親，雖然仍告誡孩子「囝仔人有耳無嘴」，對政治、時事的批判，仍在家中小心翼翼的進行。

丁欣因而從小就不致對反對運動有所偏見，往後也不怕與黨外人士有所往來：

「是的，我在讀大學時期，就一直有『作運動』的朋友。」

外表秀緻個頭不高，年輕時的丁欣居然以喜好做家事聞名。

所以當這個也是「賊婆」丁欣，在解除戒嚴的八〇年代末期，站出來說：

我是個做家事的女人。

贏得了另外的稱許。

（當我說我是那種喜歡做家事的女人時，一開始大部分的人都是臉上三條線，一副我只是在假賢慧的模樣。

我來自鄉下，我的世代只要不是在台北市吧！台灣的市鎮農村仍保留許多對女人女德的要求。小時候被教導做針線、簡單的衣服剪裁，仍然必需。

我母親有一句損人的話，至今仍然令我印象深刻：

「懶惰女人穿長線。」

意思是，懶惰的女人為圖方便，無需一再穿針引線，便一次穿一條很長的線用來縫補。

連女人穿長線都要拿來排遣，我本來還期期以為過分。後來自己也為了圖方便穿長線時，才發現還真的不利縫補，線太長會糾結在一起，欲速則不達。

原來，不是只要損女人，也真不實用。

不過我始終沒有達成母親要求的那種不穿長線，優雅的做女紅的期許。因為要讀書，母親也不太講究這些女紅女德了。）

兩人相識在一次追懷紀念活動，紀念一九七九年美麗島事件腥風血雨的大逮捕。時候已到九〇年代，國民黨歷經四十年獨裁統治的兩代元首，繼任蔣介石的兒子蔣經國過世，新任的總統實施特赦。陳俊英從牢裏出來，不像上回得主動四處去尋覓。這一回出來，已然累積相當的知名度，在反對運動陣營中有了地位。然長期被統治者污名化為暴力份子的異議份子，即便為某些人同情，肅殺的白色恐怖氛圍仍深入人心，大多數的台灣女人，對他仍是戒慎恐懼，並非太多女人都能手到擒來。

從美國回來的丁欣，不忌諱陳俊英的出身背景。只這樣活躍又事業有成的女性，自然不乏男人，雖然並非同在政壇上的男人，陳俊英仍在經歷著三人行，只這回甚至要明確的是：

多人行

陳俊英不能避免重複著他對待女人的方式。

是啊！他總不能排除，當他的陽具插在丁欣陰戶，那來自如許開放的美國的女人，一定曾玩過會有另一根陽具插在她肛門內；或者是他平躺，高撐起那陽具，丁欣跨坐其上納入，再趴身下來露出肛門，另外的男人跪於身後，陽具插入肛門。

（那樣據稱是絕對滿塞、絕對吃足的飽食，不是都說為每個女人所企求。）

他因而在丁欣的陰戶裏進出時，一定要咬牙切齒的一再嘟喃：

「插妳、壓死妳、要讓妳爽歪歪、呼爸叫母、哀聲求饒……」

還頻頻加以詢問（被笑稱只差沒嚴刑拷打）：

「妳以前睡過那麼多男人，都很好？」

有意讓他不專美於前，她會這樣說：

「都OK，有的更是很佳。」

輪到陳俊英不語。

而丁欣的美國經驗，更讓陳俊英有得發揮，他必然要在衝刺中問：

「妳吸過美國X（陽具），好吃又飽嘴，不錯哦！」

丁欣同樣不疑有他，就實回答，還要炫耀她們這一代前進女性的性知識：

「吸過啊！這很普遍嘛！」

「超大支的是不是？」

「是不小。」

「幹得很爽，呵！」

「很好啊，我大概運氣不差，碰到的男人真的很不錯。」丁欣為了讓身上的男人更加把勁，也會故意加上說：「不都說西方男人只是大，東方男人，尤其台灣男人更優。」

陳俊英便得意洋洋，每每抽插時一面出聲怒斥：

「幹死妳！我幹死妳！操死妳！操死妳這臭ＸＸ……操死妳這眾人騎的臭賤ＸＸ……」

一開始濃情蜜意，丁欣又不計較「眾人騎」這類的詞語，反而充分的享受那憤怒中男人激越的加重使勁，重擊每每使得高潮迭起。尤其陳俊英通常在要使自己噴射而出之際，在儘力快速衝刺進出操插時，如此出口，丁欣還當作是一時的情趣血色刺激。

既然陳俊英無論如何揮除不去，還要相互比較這（多根）陽具與自己不同的差異，或兩根陽具分別插入陰戶肛門的滿塞飽足。

他何以還意願著這多Ｐ、多人行？

之於陳俊英，那陰戶既銘刻著過去進出過的不同男人陽具（還好不曾有同黨同志「表兄弟」），陳俊英仍要以著他參與反對運動堅持的不屈不撓意志，一定要以為，在丁欣被不同男人陽具（現在他要競爭的還有那一定又粗又長又大，硬？可能未必的美國X）進出多年不夠緊實的陰戶裏，他要有效的發揮出他仍然是最粗、長、硬、熱、堅挺、滿塞、最能衝撞、擊點中最準、力道最足、速度最快、打擊摩擦最帶勁……的那一根。

陳俊英一再明言：

當絕大多數的男人在女人的床上享受魚水之歡時，他可是在牢裏沒有女人禁慾絕性，而且是長達近二十年。

（他出來後多睡幾個女人也是應該的。台灣人欠他，台灣女人不也欠他?!）

一開始，丁欣任由陳俊英在操插幹聲中完事，因著以為只有他們兩人躺在床上。

陳俊英還會不時與她作這類的談說：

「我小時候聽過床母，都說床母是神。」他回復了一貫的平和：「真好，睡的眠床也有神，我便總感覺有人抱著我睡，很安全、很被照顧著。」

她眷愛的看著他。

即便經過多年的苦牢，他至少有一個快樂的童年。但她仍不免接問：

「在牢裏，你說過不到十坪的牢房關三十個人，一個挨一個側睡，晚上起來上廁所，回去，原睡的空位不見了，怎樣也再擠不進去，只有坐在一旁等天亮。」

他點頭，似仍心有餘悸。

「那個時候，你還相信小時候會保佑你的床母嗎？」

閃掠過他眼中一個極受傷的神情，少見的慌亂立時避開眼睛。

她知道自己講得太直接，有些事，原無需如此深入的去戳破。

多年後，丁欣在歷經了許多世事，終願意擔待她一路聽來種種對他的指控。尤其是那年輕的時候為抗爭不惜坐牢，出來後繼續發動示威活動，被催淚瓦斯、水柱驅離；絕食靜坐不餘遺力，被抬著拖著離開……

卻是在那一場號稱有上百萬人聚集（至少好幾十萬人）的「反貪腐」的抗爭活動裏，懂得表現也算進入權力核心的陳俊英，被指為每次出來和那發起的帶領者，有「台灣曼德拉」之稱的總指揮坐一起，沒多久就和那活動的總指揮回到帳篷裏（這可是領導者有帳篷的抗爭）。

陳俊英在帳篷裏喝紅酒、聊天（一說是在研究策略）；累了還找人來按摩；為了要洗澡，竟叫來有衛浴的廂型旅行車到活動現場，好方便他能洗澡。

丁欣相信這些說法，她記得多年在牢裏度過，養成了他出來後極愛乾淨的習慣，不僅每天一定必須要洗澡，在那些歡愛後特定的時刻裏，更一定要洗淨。

（為著重回顧過往他所謂的浪漫，那革命與性愛必然的聯結，丁欣不免心思：他會與女人在那帳篷裏歡愛，因而需要那有衛浴的廂型旅行車到抗爭的現場，讓他能洗淨?!）

她還記得他一個人關在浴室裏，有時候（或者應該說經常性的），會把門鎖上。他花很多時間在裏面，會聽到水聲，也會聽到他低聲喃喃自語，不像是對著自己說話，而更像是在咒罵著什麼，偶而會聽到幹、操、死……這些強烈的字眼，因為是單字，跳脫出低聲的嘟喃被聽出來。

其時丁欣（她相信還有許多和他在一起過的女人），願意忍受他這樣喃喃自語時，也能夠了解，他為何要長時間將自己反鎖在浴室內。

他的確需要這樣的私密空間。

## 3

然後要在以後，兩人在一起的時間夠久後，丁欣開始懷疑他同時和許多女人在一起後，才會懷疑這是他一貫的技倆，他要讓她們，這些已經有性經驗的女人們自覺對不起他（當他在牢裏絕情禁慾時，她們可是躺下來讓男人們一再進出，尤其她，還被美國X幹過。）

他便永遠是那個被辜負者，不僅台灣人欠他，台灣女人不也欠他?!

他出來後多睡幾個女人是應該的。

何況，陳俊英在家等待的怨恨妻子林慧淑，同樣也重疊在他們的床上、身上。林慧淑取得法律上妻子的地位，因著陳俊英二次坐牢時，林慧淑決定要保留下來剛懷有的孩子。於其時，這孩子，尤其是個兒子，是多大的恩賜，是對陳俊英最實質的記憶。

像多數的女人，林慧淑以為留下這孩子就如同留下陳俊英，從他的血脈而出，銘刻著多少恩情的記憶，她看著懷中的兒子緬懷陳俊英，一言一笑，並追憶共同為運動打拚的日子。

（一開始，整個黨外人士，知情的莫不給予最大的祝福。這尚未出世拜現代科技之賜已知道是能傳宗接代的兒子，傳遞的，可更是黨外的香火，一脈孤傳，悲情的香火傳承。）

果真，當牢裏的陳俊英只能聽牢中獄友一再講述那 AV 女優的陰戶（是不是仍玫瑰色的粉紅），大拇指、虎口、食指（是不是仍能每分數百下的抽動），口水（是不是仍清澈）之時，他還有林慧淑，以及，接下來的孩子殷殷的探望。

他第二次從牢裏出來，立時要面對的是知覺外面的世界不再只有林慧淑、能傳宗接代的兒子。而是隨著政治局面的改善（都是他、他們的血淚才造成的），那他遠遠瞧不上眼的律師，林慧淑當年最有名的「表兄弟」之一，已貴為立委。

「踩著我們的血淚、割稻子尾的（穀子）。」陳俊英老愛這麼說。

（是不是還有傳聞，陳俊英被關入牢裏後才從林慧淑口中得之懷有的兒子，其實不無懷疑。以他多年從事反對運動，坐牢、情治人員的迫害、告密的同志「抓耙仔」，養成他對任何人都缺乏信任。傳聞指出陳俊英會認這兒子為親生並同意和林慧淑結婚，不無為著才有人前來探望、在外面支援坐牢所需。

他第二次坐牢，尤其知道牢中沒有錢買衛生紙、牙刷、內衣褲的苦楚，沒有牙刷了不起不刷牙，沒有錢買衛生紙？坐牢可是連草、葉子都摘不到，大便完了只能用手指屁眼？）

丁欣不會知道這些。

屬於「晚到」的丁欣，明知陳俊英回到家中仍與妻子歡愛（他的名言：不用白不用）。仍不會去追究陳俊英那怨恨的妻子是否來到他們的床笫之間，或追究他之前的女人們。

丁欣床上，女人們尚無形無影；然之於陳俊英，前面先他進出丁欣（當然還包括那大支、但沒那麼堅硬的洋卵芭），男人陽具一直在那裏，就此不肯離去。

（他們睡的可是同一張床?!）

那床上睡著的因而通常不只是兩個人，另外的女人／男人無形，但在一些剎那即逃逸的眨眼之間，另外的女人／男人魅影仍連番出現。

本來就鬼影幢幢，接下來還更要魅影重重。

可是，啊！不，初來乍到，兩人剛進入所謂戀愛的關係，不明就裏的丁欣必然以為自己是那唯一，而且初在一起，怎能容得下另外的女人。

「另外的女人」理論上並非不能存有，但至少也要到他們彼此情鬆愛弛，她方必得接納另外的女人，以刺激、維繫他們之間。

只一開始，這個丁欣同樣不知道，他們之間在歷經的三人行不只是她和那怨恨妻子林慧淑，而是這樣的：

多人行。

# 4

陳俊英一再明言：

當絕大多數的男人在女人的床上享受魚水之歡時，他可是在牢裏沒有女人禁慾絕性，而且是長達十幾年。

（他出來後多睡幾個女人也是應該的。台灣人欠他，台灣女人不也欠他?!）

深信「當絕大多數的男人在女人的床上享受魚水之歡時，他可是在牢裏沒有女人禁慾絕性，而且是長達十幾年」的陳俊英，很快的再有其他的女人。

儘管在家等待的怨恨的妻子不曾離去，尚不知情的這個丁欣仍被蒙在鼓裏，陳俊英很快的有了另外的女人：

巫心怡。

中學時候因家庭移民到美國，巫心怡絕不是好勝的女強人，離島內的黨外運動也有段距離，只家族參與的教會支持黨外運動，在海外隸屬「台灣獨立聯盟」的祕密盟員。從小能說得一口流利的台灣話，還可以用台灣話傳教。自然不排斥黨外的抗爭。新一代富裕起來、在美國封閉的台灣人社團裏養大的巫心怡溫婉柔順，上主日學、星期天教堂作禮拜、手持念珠唸玫瑰經。大學畢業後回台在教會裏作些多半義務的工作。

家族人中對陳俊英十分崇拜，巫心怡也將他當作英雄。

很快的，這個號稱會做菜的年輕台灣女人，成為陳俊英的另一個女人。

是因著她從小不在台灣長大，卻又說著這樣一口古老口音字正腔圓（海外教會教出來）的台語，陳俊英用彼此聲調有出入的台語和她談說名式各樣的事，一開始是有趣，那含藏著陳俊英愛引用的「從土地從人們」來的趣味，彷彿只有用這樣的語言，他最能自在的訴說他的過往。

（不只是接受訪問，甚至只居住在北部外省人較多的首善之都、在生活中，他都必得用的「國語」。）

他來自戰後其時普遍貧窮的中台灣鄉下地區，那於今飽受汙染的雲嘉平原。爸媽經營雜貨小店也足夠溫飽，有個嚴厲的媽媽，小時候不愛讀書的他拿回來滿江紅的成績單，盛怒的媽媽抽出一枝店裏賣的竹掃把，鄉下孩子共有的記憶：將一把竹子的細枝去葉，綑綁在一枝竹竿上，便成為能清掃室外的竹掃把。

「妳以為伊用竹掃把來打我啊？」陳俊英帶著事過境遷後的笑：「竹掃把抽人是足痛，可是那是下一步。」

「那先什麼？」巫心怡張大著長睫毛的眼睛，愛憐的問。

「伊先用竹掃把來射我。」

「啊！」從小被呵護長大的女人驚呼出聲：「射中了無？足痛嘢！」

「我從小精靈，腳手足好，看伊去抽竹掃把，加緊跑，竹掃把射來，我早在射程外。」

「Thank God！」巫心怡脫口而出。

「可是總要回家，被逮到了，難免一頓打。那時伊的氣消不少，打起來就沒那麼痛了。」

然後接道：

「兄弟姊妹中，我知伊實在是尚疼我。」

巫心怡不會接話問這拿竹掃把射孩子的媽媽哪裏去了，黨外圈子都知道，陳俊英坐牢時父母親相繼過世，當然無從得見最後一面。

從牢裏出來後回老家，鄰居的老人還會形容，他被抓後那幾年母親常常獨坐在自家雜貨小店前，望向虛無的前方，嘴裏喃喃的一再叨唸：

「汝轉來啊！我無再打汝了。」

憂慮的母親心思成疾，最後一個黃昏獨坐門口，好似眼前看到什麼，將手中握的竹掃把奮力要朝前丟射出。久病力弱，竹掃把無力飛出隨即墮地，牽引的力道帶著母親傾身往前，從椅子上趴出倒地，禁不起這一摔，幾天後就此亡故。

眼淚流滿陳俊英有稜有角削瘦的臉面。

「我早該站著讓伊用竹掃把射我。」他說。

「千千萬萬次，攏無法消除我的罪愆。」

他捧住臉失聲大哭。

然他們也自有快樂的時刻。只關於做菜，就有比較悲慘的說法了，來自陳俊英的一個老同志，教會出身投身黨外運動，在一九七九年那著名的美麗島事件中被逮捕，囚禁多年。

友人與陳俊英同是政治犯難友，自牢裏先後出來一直有聯繫。號稱會做菜的巫心怡，便說要親自做菜請吃飯，說了許久一直未有動靜，終於有一天拗不下去了，真的請了陳俊英四、五個難友到家裏來，也真的下廚。

出身教會的異議份子，出名的會説冷笑話，他的笑話還不為讓人笑，而是七彎八拐的損人，在當時年紀輩分都較輕，為他贏得了「夭壽囝仔」的稱號。

據夭壽囝仔日後一再的説，是日為了等那一餐，等到下午兩點半都還沒東西吃，肚子餓到受不了，好不容易看到端出來的三菜一湯：

「哀呀阿娘喂，可是要餵粉鳥?!」

已經被巫心怡飛過來的粉拳揍了幾下，這個夭壽囝仔還不忘説：

「失禮，説不對，粉鳥大隻愛吃，我看是要餵雀鳥。」

大夥想到粉鳥（鴿子）與雀鳥（麻雀）的大小，笑開懷。

夭壽囝仔往後一再堅持那一餐沒吃飽，惹得巫心怡極不高與，由此可以看出，她是很在乎她的廚藝的。而再怎樣夭壽的這個夭壽囝仔，也私下願意承認，她的菜做得不差，相當細緻，還有擺盤花飾，只不過仍堅持「只夠餵粉鳥」沒吃飽。

可以歸類出：

巫心怡的確會做菜

菜相當細緻

但分量真的不夠

在他被囚禁十幾年終於被放出來後，他有機會出國旅行，得到英雄式的歡迎，陪同他的便是巫心怡，理由是英文夠好可充當他的英文祕書。

（此行也為著與一向對政治犯關懷的人權組織致謝。）

立時會聽得這類的事：

在「那」事件（他為著犧牲奉獻的美麗島事件）大逮捕後的幾年，當所有人對大逮捕仍印象深切（之後的噤聲使得這大逮捕成為一長段時間以來永遠的記憶，因著接下來少有政治事件能發生）。曾經有個不曾被判刑坐牢的年輕的知名黨外人士，來到這北美洲的城市。

有根據的說法是他的太太想來美國繼續進修，真正攻讀學位的那種。反對運動遇到阻擾，到國外校園作個訪問學者再進修，是長時間以來經常的選項，他們很多黨外人士都作過這種進修。不同的是他的太太是真正想來攻讀學位。

便據說他和太太路過美西知名的度假小鎮，要求住進當地一家十分有名的旅館，那種在那個時代絕大多數台灣人都還不知道的真正頂級旅館。

在那悲情抗爭的年代，是為了節省下錢來支持島內的活動，還是，棲身於海外有家歸不得的飄零，他們過著節儉到苛扣的生活。他們像多數移民，當然無能介入在地的主流社會，更不用講享樂的階級。

他們以早期留學生坐灰狗巴士、吃漢堡的方式來看待他們不去想像的中、上流社會。

要等到多年後台灣經濟蓬勃發展、八〇年代的台灣錢淹腳目，帶著大筆現金橫掃歐州精品店：「這個、這個、那個不要，其他的都包起來」。才在島內開始了所謂「懂得」的風潮。

而且是發展到一個階段經濟開始在走下坡後，才有更多人瞭解到這被稱作超五星的旅館。否則長期以來，人們知道的都只是五星：那種美國 Hilton、Sheraton 等連鎖旅館。「這個年輕的黨外人士和他的太太，何以在那個時代就知曉這類真正世界性的頂級旅館？」

總之，這樣的舉動在許多年後，在事隔多年後，他們所屬的政黨都已經當選兩任總統又下台，都還一直在當地台灣人口中流傳。

明說的理由是，剛過了那大逮捕不多時，同志們在牢中受難，他們不僅不曾承受這樣的苦難，還逸樂的要住這比五星更好的超五星旅館！做運動的人，不是不會注重這些奢華享受的嗎？

（會是這超五星才真正讓眾人不快？大夥，在海外的這些人都還不知道什麼超五星！

如若要住的是大夥都知道的五星旅館？雖然奢侈些，對曾參與「那」事件的黨外人士，怎麼說都會是種補償吧！補償能到什麼程度地步呢？）

陳俊英是不是因此更確定台灣人欠他！台灣女人不也欠他?!

一九七九年美麗島事件發生後，台灣黨外人士不畏國民黨政府的打壓，反而有更多人投入民主化運動，台灣國內逐漸成為民主運動的主流。

一九八七年海外的聯盟為了凸顯建國的目標，改名為「台灣獨立建國聯盟」，並決定遷盟返台，終於衝破黑名單限制，一九九二年正式在台運作。

白色恐怖最快要到一九九二年才告一段落。直到一九九一年立法院廢止「懲治叛亂條例」與「戡亂時期檢肅匪諜條例」、一九九二年修正「刑法一百條」，長達數十年的白色恐怖時代才告一段落。

之後，超過三十年海外「黑名單」要能鮭魚返鄉的悲情不再，海外的反對運動，便失去了著力點。

當年與諸多海外台灣獨立運動相關的人，也都回到台灣定居。

然不少政治犯及其家屬仍感到不滿，如歷史資料尚未全面開放，真相還有待進一步釐清；責任歸屬仍不明確，當年不當甚至不法處置者並未得到應有的懲罰；特別是上述人權遭受國家安全法剝奪，使其無法在法律上獲得無罪的平反等等。從轉型正義（Justice）的角度來觀察，戰後台灣的政治犯距離真正的平反，路途還相當遙遠。

# 雙人舞與四重奏

陳俊英一再明言：

當絕大多數的男人在女人的床上享受魚水之歡時，他可是在牢裏沒有女人禁慾絕性，而且是長達十幾年。

（他出來後多睡幾個女人也是應該的。台灣人欠他，台灣女人不也欠他?!）

這時，陳俊英便同時至少有三個固定在一起的女人。

雖然不曾真正「大鍋炒」的數名女人同在一張床上（這是陳俊英一直最最希求渴想但未曾得到的，不也是大多數男人的夢想）。他們的床上每次睡著的仍只有兩個人，只其他的女人這回真的如影隨形來在兩個人之間。

陳俊英很快發展出這樣新的玩樂方式，來克服不能在一張床上同時與數名女人歡愛的缺憾：

他先在丁欣的床上睡了她，再消去她留在他身上的。外在的精液、女人陰戶分泌、潮吹時量大的黏液，都可以輕易洗去，只氣味不容易根除。最後，他用大量的藥皂來掩蓋一直在他鼻際揮除不去的氣味。

（丁欣認為只有他聞得到的氣味。）

他幾番幾次洗淨自己，身體各處細部都仔細照顧到這個丁欣要體貼憐惜的替他以為，過往在牢裏長時間不能好好洗澡，才致使他有這樣的洗淨強迫症。

「該去和心理醫生談談。」

她尚不知道的他是藉著都市便捷的交通，要趕到巫心怡床上。她本來以為他怕身上殘留的味道引發懷疑，後來才知道，他是更樂於以著剛洗淨的軀體，來自覺是一個新的自己，方有足夠的能力，去壓在新的女人胴體上，插入。

繼續未竟的抽動。

如許短時間，兩個女體都尚留有印記，樂趣便在陳俊英陽具要摸索女人孔洞插入時，有時還會片刻遲疑：這個女體，陽具是提高一點還是低些，角度才恰好第一插插入挺進即滿塞直抵花心，女人突地受這樣強烈直搗龍門的進入，太過刺激約略承受不起，皺起眉頭，滿心舒服又微疼，嬌呼出聲：

「啊！受不了了！」

是他的最愛。

然後，才比較一開始進入洞的鬆緊大小澀滑；女人的膚觸味道；進去後女人出的聲音，是嘰嘰的水聲還是碰碰的肉撞肉悶悶的撞擊……

這回可以暢快完事，翻身躺下，也不用趕著去洗淨了。

一開始，陳俊英不假思索的在丁欣身上行禮如儀的衝刺奮戰，也一定射精。只幾次下來，間隔短暫時間即要再插入巫心怡，逐漸發現有了實質的困難。

最始初的幾次，因為有著如此激越的新奇樂趣，短暫的間隔陽具便能進出兩個不同的陰戶，刺激使興奮容易即可達到高點，繼續揮軍奮戰；但幾回合下來新鮮感不再那般強烈，畢竟也有了年紀，「我將再起」未必如此容易。

於是，儘管陽具就對著丁欣的陰戶不斷進出、操插，為了保留下一輪番再戰的能力，陳俊英避免自己過度的興奮與刺激，而致在她身上即射精。

（要保留給那個巫心怡。）

他翻身從丁欣身上下來。

要從一個女體陰戶拔出，那片刻需要多大的心力、多少堅忍不拔的毅力方能達成！得強忍住即將到來噴灑而出釋放一切的極致歡愉，控制著仍挺立的陽具不再想要再進入那溫暖包覆的陰戶中好立時享有最終的高潮（其他的以後再說）。能達於此除了意想著下一輪另個女體另種進入另翻包容，在陳俊英心中，其實自己以為當中不乏有愛：

要讓這兩個女人同時爽到同時都能享有他。

（當然偶而也不忘記還有家裏那個等待的妻子。）

困難的是，陳俊英愈來愈發現轉戰多方的不足，於第一個女體身上雖然得中斷性交，但能力畢竟尚足；第二個女體能射精（所謂的一起到來：Come），但勃起時會有困難，更不用講到了第三個女體。

陳俊英也發現，那中斷再要接續的性，如果是隔夜還好，可如果是立時從丁欣的陰戶要趕往巫心怡的陰戶（這方是最刺激的所在），開始有了新的困擾。

如何安排先後順序呢？

是依照輪替，丁欣先巫心怡後，下一回，則是巫心怡先丁欣後；或者隨機看先約到哪一個；還是，陳俊英依著個人的喜好、一時興起來作決定。

也可能考慮到，巫心怡適合先進出，因為她個性溫婉單純順從，不怕她起疑，比較無負擔。

而丁欣後，因著她的口唇工夫一流，能起死回生。可是萬一真的不起，面對這個強勢的丁欣，尤其難堪。

在作這些先後的安排時，陳俊英是否曾經這樣問：自己究竟愛哪一個女人多一些？才願意為那個女人作多大（更大）的付出、犧牲?!

得在中斷性交／暫時不起兩者之間作選擇時，之於陳俊英，什麼是更大的付出、更大的犧牲？是中斷性交，還是暫時不起？

（就不只是先來後到的差別。）

二二八大屠殺與美麗島事件，是影響戰後台灣歷史發展最深邃的事件。

為紀念世界人權日舉行活動，原定的場地被封鎖，黨外人士決定轉向市中心大圓環：傍晚六點多，他們手持象徵人權之光的火把，引導群眾緩緩前往，此時鎮暴部隊也轉移陣地來到四周部署。

和平的演講會因鎮暴部隊大軍壓境，鎮暴車噴出不明濃煙，引發起第一波衝突。群眾四處逃逸，黨外陣營以演講和歌唱安撫群眾，希望和平收場。但鎮暴部隊再度逼近，並施放催淚瓦斯，甚至將鎮暴車開進人群，終於引發雙方激烈衝突，多人受傷掛彩，至午夜方休，現場一片狼藉。

隔日，媒體嚴厲譴責「陰謀份子的暴動」，稱美麗島人士反動叛亂。之後，開始全島性的大逮捕，為首者八人受軍法審判，判無期、十四、十二年徒刑。與事件相關人士，全體共判刑三百多年。

一九八〇年再度開放選舉之後，辯護律師、受難者家屬及黨外新生代紛紛投入民主運動，終於在一九八六年組織第一個反對黨「民進黨」，之後迫使國民黨政府解除戒嚴、黨禁和報禁。

美麗島事件是台灣從戒嚴體制邁入自由民主社會的關鍵。

# 第二章

# 柏油馬路上的就職典禮

他們都說，早在那總統就職典禮上，他們早就該預見了往後發生的。

可是他們都不曾。

他們不僅不曾預見往後，當然更不會那麼早，早在那就職典禮上就預見了一切。

我都還去參加了那就職典禮。過往，我們是一定不會去參加這種就職典禮的，只有熱中權勢者才會如此趨炎附勢，而我當然不是、也不屑做這樣的事。

我不僅去了，興高采烈而且十分感動，終於，我們擺脫了超過五十年的一黨專政，無需再經歷白色恐怖下被抓被關、消失不見、槍斃處刑。這第一次由人民選舉平安達成的政黨輪替，不僅在我們自己的土地上，在整個華人世界裏都是首見。

那典禮的安排也符合了人民的期望，典禮不再只是在總統府內（維安方可行），只有少數權貴、政府要職、重要外賓才能參加。這一次，邀請了許多人，在總統府前的廣場上舉行。

安檢當然還是有的，但不嚴格，我們一直不曾有武裝暴動這類的革命，治安也一向以良好著稱。

我記得是一個陽光耀亮的早晨，我本來還擔心就職典禮得站著，站著其實也無所謂，我們在過往的選舉場中，包括這次的總統大選，不也是站在台下聽政見，在最激烈抗爭的七〇年代，有人可以從頭站到尾，四個小時都在站。

但到了後，發現總統府前廣場上排滿了座椅，那種喜慶宴客辦桌時的簡單座椅，可以排上很多很多。

我依號碼找到我的座位，在中段，離總統府外搭的看台有一段距離。我微微有一點點小小的不快，我以為我可以坐在更前面些。

（是不是所有的人，就算不是所有的人，也會有許多人，都以為可以坐得更前面些?!

坐到多前面呢？是直到最前方的兩側看台貴賓區，那裏搭有篷子可遮陽或遮雨，一級一級的平台上鋪有紅地毯。然而到了這貴賓區，座位也有大小之分，前面當然最重要；然靠近中央就職台，是不是更重要？

或者坐這裏的人，也以為自己可以坐得更前面、更中心些?!）

我再次確認座位並四下環顧，注意到周遭進場來觀禮的，大部分和我一樣，顯然都是第一次。他（她）們都盛妝，穿上最好、正式的行頭，男人們西裝領帶，但因為暑天，西裝裏面的襯衫會是短袖，所以不會有要露出幾公分襯衫袖口這樣的講究。不少女人們穿上蕾絲、絲絨這類帶日本風洋裝，或者西式套裝，還有人穿了拖地的長禮服。

這樣正式的衣裝，大白天坐在簡單（實在得說簡陋）的塑膠、鐵椅上，腳底下踩著的不是紅地毯，而是一向車水馬龍的柏油路面，老實說，相當不搭甚且有些好笑。

倒是不見有人穿旗袍。

在過往，這樣重大的國家慶典，女士們必然的穿旗袍。從站在領袖身旁的總統夫人，到能上這類枱面的貴賓，女士們一定只有穿旗袍。

我們通常從報紙、電視上看到，那一陣子的流行，也許是包圍住整個脖子挺立的旗袍領高些，來到下顎，便堅硬的托住整張臉，一定得抬頭直視不能低頭；或者，領子很低，淺淺的一眉，臥在脖肩處，可見露出不少鬆垮的頸肉。多半時候，大概是在這種正式場合，都走中道，也就是旗袍領在脖子中間處。

開叉也是一門學問，同樣的，旗袍下擺開叉也有時高些、有時低些。只有穿旗袍，我們才有機會看到莊重得體的「永遠的第一夫人」，露腿。

一九七五年領袖過世，領袖作了六任總統才過世，也就是說，我有六次機會看到穿旗袍的第一夫人旗袍下擺開叉露腿的照片。

（接下來還有六任總統，絕不用擔心總統沒人作，領袖的兒子接著就作了三任，但他的夫人是白種外國人，通常不露面，我也沒印象她穿旗袍、當然開不開叉都不曾見過。）

而要到領袖死後的二十五年，四分之一個世紀，我參加了另一個總統的就職典禮。加上領袖之前作的六任總統，一共是半個世紀。

也就是說，第一次政黨輪替民選總統的就職典禮五十年後。

我為我的座位應該可以在更前面些感到仍有些不快。但這在柏油馬路上排簡陋鐵、塑膠椅子，而不少女士們穿蕾絲、絲絨洋裝，有的甚且拖地長禮服。五月底亞熱帶早晨的太陽已十分熾熱，無遮掩下（請帖上附有註明戴遮陽帽子等，我自己也不曾戴，因為從沒有發生過，真的無從想像會是這樣的情況），我們臉上的粉妝因為冒汗開始起油。

男士們不化妝抹粉，較好些，但他們的西裝更是悶熱，很多人都開始擦汗。

絕對沒有人離去。

我周圍四周，更前面或後面，坐的都是明顯的「台灣人」——我用這字眼其實要很小心，這裏我指的台灣人，是那些幾百年前祖先已來到這個島嶼的後裔，而不是一九四九年，才隨領袖從中國撤退來的人，我們習慣稱呼這些人為「外省人」。

台灣人，尤其是這類支持反對運動的台灣人，基本上被認為是鄉下、本土的，草根／粗俗，是普遍的印象。

我們的祖先幾百年前就因為禁令，只能單身從中國大陸來到這個島嶼：

只有唐山公

無唐山媽

我們與島嶼的原住民，那「南島民族」通婚，許多人因而都是有原住民血統的「平埔族」。一當我們扁平臉、較厚的嘴唇、不高的鼻樑、膚色較深些，我們便會被認為「俗」，俗的意義可以是鄉下、沒高深文化、教養不夠……

（就像這類蕾絲、絲絨洋裝，更留有明顯日本風，是中年以上「台灣」女士的喜好。而島嶼留下日本殖民五十年的影響，在更早些的時候，是會被從中國大陸來台的外省人以為是亡國奴的遺風。）

不過我也必得承認，大太陽下一身華服坐在柏油馬路的塑膠椅上，以所謂的國際禮儀來說，大概說不上得體。可是我們過往從沒有機會有類似的慶典，所以也無從想像它以這樣的形式發生時會怎樣。

而我們基本上也不太在乎，這是一個慶典，我們等了半個世紀的慶典，我們以我們華麗的方式來慶祝。

當時我也想，如果那場總統就職典禮，參與的人穿T恤、長褲（短褲），像他們走街頭時穿的，坐在柏油馬路上簡陋的鐵、塑膠椅子上，應該就不會有那樣奇特的、不搭的感覺。

可是在這一天，在這個總統就職典禮，在廣場的柏油馬路上，有些女士們必然的要穿留有日本風的蕾絲、絲絨洋裝，甚且拖地長禮服，在五月底亞熱帶的豔陽下流汗到糊了妝。男士們的西裝領帶更是悶熱，汗濕透了裏面的襯衫，即便短袖襯衫也是熱。

這是我們的慶典。

等了超過半個世紀第一次的慶典。

（所以連我都去參加了，雖然對座位沒有排在更前面些感到些微不快。）

又怎能要求我們在這總統就職典禮上，早就該預見了往後發生的。

我們都知道這件事情，就算沒有真正的從書本上讀到，也聽說過。

一九四八年二月，共產黨領袖克利門・戈特瓦走到布拉格的一座巴洛克式宮殿的陽台上，向聚集在舊城廣場上千千萬萬的同胞們發表演說。那是捷克歷史上極重要的時刻——是那種一千年裏難得發生一兩次的決定國家命運的時刻。

許多同志站在戈特瓦的兩旁，克萊門第斯就緊靠著他站著，當時雪花紛飛，天氣寒冷，而戈特瓦卻光著頭。克萊門第斯關切地把自己的皮帽脫下來戴在戈特瓦的頭上。

黨的宣傳部複製了千千萬萬張哥特瓦在陽台上的照片，頭上戴了一頂皮帽，同志們站在他的旁邊，向全國發表演說。在那座陽台上，共產捷克的歷史誕生了，每個孩子都在海報上、課本裏，和博物館裏看過這張照片。

四年後，克萊門第斯以叛國罪被絞死。宣傳部立即把他從歷史和所有照片中洗刷掉。此後，戈特瓦獨自站在陽台上，克萊門第斯以前站的地方，只看見一道白牆，克萊門第斯所留下的只有戈特瓦頭上的那頂帽子。

我們不少人知道這件事情、讀過這篇文章，對這頂帽子深以為戒。對這樣的總統就職典禮，實在應該心存警戒的。雖然，隨後立即發生了那典禮上唱國歌的原住民著名歌星，被中國限制不能登陸中國，作為唱「國」歌的懲罰。

我們的女性副總統，穿著西式的套裝。我們都知道，在美國留學、講得一口好英文的副總統，是不會穿旗袍的。她果真不曾讓我們失望。

（或者，八年後，那上台朗誦詩作祝賀詞的作家，往後還要為下一個不同政黨的總統就職朗誦。）

可是我們在這總統就職典禮上，不曾預見了往後發生的。

我們不僅不曾預見往後，當然更不會那麼早，早在那就職典禮上就預見了一切。

在那就職典禮上，我們，事實上十分的歡欣鼓舞著。

我們等了超過半個世紀的慶典。

# 之一

## 1

他們都以為，他們才該是坐上總統大位的人。
沒有他們長年的犧牲奮鬥，哪來台灣的民主。

經過六十年後第一次的政黨輪替，陳俊英得到這樣的位置：
考試院長／監察院長類。
（他，他們仍以為，自己最該有的位置是總統。）
考試院長／監察院長？
而來佔位置的不必然是當年犧牲奮鬥共同打拚的同志，更多無甚淵源的人憑藉手段準確的運作能力，得到位置。讓陳俊英覺得與他的犧牲並不曾等同。

過往他信誓旦旦的一再這樣說：

「我們這種『博（賭）國旗』的人，那要什麼位置。」

「博（賭）國旗」意思是在一場像賭博似的大輸贏中，贏者得以建立新的國家把國旗換掉。

他要換成的是一支「台灣國」的旗幟，他以及他的黨在黨綱「台獨黨綱」裏宣誓的。

隨著國際國內局勢的變化，陳俊英知道即便當上總統，也不能把國旗換掉。

除了總統外，他原想要的是行政院長，在台灣特殊的總統、行政院長雙首長制，另外的權力來源。

他原爭取行政院長，即便他在黨內的各方資歷並非最秀異：

他是坐十幾年的牢，但相較於坐二十、三十年牢的先輩們，算不得什麼。有靠選舉成為幾任民意代表的經驗，但與行政事務從未有任何關連，缺乏行政體系的歷練。

新當選的總統和所有的黨內高層，沒有人以為他可以適任。他的黨內同志更笑他：

以他晚上多半在酒廊、酒吧喝到半夜的行徑，早上如何起得來八點到行政院上班。

陳俊英也知道其時自己不見得能適任國家運行的官僚體系，私下來說，他其實喜愛這個職位考試院長、監察院長，無實權（相對也無實質責任）但受到禮遇，他從這個可以養望——累積聲望的位置上，展開他實質權位的部署。

## 2

陳俊英知道，一切相關的基本，都在數目。

二千年總統大選，沒有人看好反對黨民進黨會勝選，也就沒有那麼多同志出來競爭黨內總統初選提名。

二〇〇四年執政的總統競選連任，是黨內必然的趨勢，也果真贏得了大選。但二〇〇八年的大選，部署黨內提名，成為陳俊英的目標，尤其在他引以為競爭對手的有些黨內同志，在〇七年底發動「紅衫軍」倒自己政黨的總統貪腐活動，徹底的與自家的政黨決裂。

長年坐牢雖在島內贏得抗爭英雄的浪漫稱謂，陳俊英以為他可以像同是政治犯同學，那坐牢最久的林書揚，得到「人格者」的讚賞；或者，他引以為競爭對手的黨內同坐過牢的同學，較他坐更多年的大有人在，也得到所有的讚譽，有人還被稱作「台灣曼德拉」。

但台灣畢竟不是南非，相類類似的資歷無從化為等同聲譽，小國的異議份子儘管同樣的血淚交織，贏不到國際的注目與名聲。陳俊英既不曾因長時間坐牢贏得國際的讚譽，在島內贏得實質的權力，是他認為可行的目標。

一切都還得殺出血路的爭取。

（台灣人不都欠他們，當然包括欠他，尤其是欠他。）

陳俊英知道，一切相關的基本，都在數目。

民進黨的人頭黨員

民進黨的歷史發展，人頭黨員的出現，除了初選機制的黨員投票，最重要的是民進黨的組織採金字塔結構，為了表示內部民主，由黨員產生黨代表，漸次推舉中執委、中常委、以及黨主席。

各項初選與黨職選舉，都要經過黨員投票的過程，因此，有意在黨內尋求發展的黨員，都養了一些人頭黨員。「養人頭黨員，是民進黨的生態。沒有自己的黨員，在黨內就沒有發展的空間。」

由於民間自主加入政黨的意願一向不高，讓有心人有豢養人頭的誘因。在黨內的重大選舉，這些人頭大戶待價而沽、呼風喚雨。相較之下，不少創黨黨員意與闌珊，無意中，讓人頭黨員的權重加大。

人頭黨員是民進黨內部的歷史共業的話，各大派系都有灌人頭的作為，只有少數的人還有格調，不願意為了政治利益而以惡小為之。所謂的實力原則，由黨代表大會、中執會、到中常會，背後就看平日招兵買馬的努力，大多數的人被派系綁死了。

與他競逐位置的同志，以及他們所屬的派系，現在，成了「惘惘的不能呼吸」。

事實上，陳俊英有這樣的「呼吸」經驗，在多年前一次飛行，那時候台灣剛開放與中國的來往不久。

所謂飛行，可以是與旁邊坐的人，在一個可以有的最小的空間，共同度過可以高達十五個小時以上不中止的時間（其時民航機可以不停落加油的最長飛行時間），其中，必需呼吸的彼此氣味。

不管幸運些，坐的是靠窗或走道的位置，兩邊必然的坐有人，除非班機搭載的乘客不多，而這種機會愈來愈少。

不知道為何有那麼多人每天無時無刻的在天空飛行。

便來到那氣味

——呼吸。

他坐的是靠窗的位置，至少，從一旁看過去，是飛機的窗戶，另外一片廣大無際的天空。團體旅行，他當時也不曾任要職，和黨工坐的同是經濟艙，直飛需近十四個小時，他並非含著銀湯匙長大的子弟，經濟艙基本可以接受。

如果不是那三個中國男人。

明顯的是民工，他們必然是要到另個國家去做工，而且，不僅是民工，還是從鄉下來的那種苦工。

他們的味道：還不是同坐一排，不是隔鄰，那三個中國男人事實上坐在他後面一排，靠窗至走道的三個位置。

當然是第一次坐飛機，就座不久，把身上可以脫的，外套襯衫，包括鞋子、襪子，全脫下來，一身塑料織組的確涼，一定讓這三個民工深被套住約束的不自在。

然後，時間顯然凝聚並加重味道。

是的，他先是用手蒙住口鼻（反正坐在前面不用擔心不好意思），但手無從長時間支撐一個動作，接下來將口鼻埋入頭枕著的小靠枕，都快窒息了，那味道，仍在，也不曾減低。

客滿的機艙狹窄封閉的空間，他無法不用聞到那三個中國民工的味道，飛機延誤在跑道上久久不能起飛，起飛後天候不佳緊繫安全帶的燈號一直在，只得坐下，他無處逃離。

而且愈想要不在意那味道，愈是不能去除。那種突來的有一個旋律、一支歌曲在腦中一再盤旋，魔音穿腦的永不止息，怎麼也會同樣發生在味道上？愈想要不在意，那味道愈是時時都在縈繞不休。

陳俊英知道了什麼是氣味——那就是呼吸——生命中最必需的元素，較水、較陽光更重要千萬倍。還無需科學證實，不呼吸三、四分鐘後便足以致命。

閉氣到差點昏倒，終於知道什麼是呼吸。

怎樣試都無效後，最後突來靈光一閃的一個念頭，他將剛從免稅店買來要送禮的香水打開，大量的噴灑在自己的身上。在頭髮、衣服四處，而不只是拍在耳後，點在手腕脈搏上，啊不，他全身遍灑上香水，灑到可以明顯感覺香水的「水」在身上滴滴落落。

（那三個中國男人身上究竟是怎樣的味道，讓他只有如此「殘酷」的全身遍體灑上香水對待自己？）

他坐在自己的香味中，口鼻呼吸，有了自己的香水味道。

還是不能全然蓋去那三個中國民工的味道，他感到他體內已然對那味道有了記憶，最頑固的一種銘刻，形成強迫性的記憶。由著這記憶，那味道一直持留在他鼻際、直達腦中、停留不去。

往後他無論如何再不購買香水，任何品牌的香水，甚且只要聞到香水的味道，便覺得反胃，多半時候時間稍久還作嘔連連。

中國之於陳俊英，是這樣的不能呼吸——

而往後當他所屬的政黨掌權，所謂同志同在一個政黨裏，便同樣的是一種致命的不能呼吸，在封閉的狹窄空間裏。

下了飛機後，那三個中國男人站在出口不遠處，朝他羞赧的笑。他們記得他就坐在前面，又同是黃種人，覺得大概是認得的。

他帶三個人到他們航班轉機的候機處。可以清楚看出他們一身廉價的西裝，黑灰色略帶布料的條紋，大量的塑料混紡，腳上一雙人造皮的皮鞋，卻穿著一雙原應該是白色，已洗成黑灰色的襪子。

陳俊英不曾追究那味道的來源，在相較封閉的機身已然寬敞許多，簡直是天堂的機場空間，他們的味道雖然較容易忍受，但他甚且不能以手掩鼻。同樣的不能呼吸。

最重要的是，他們臉上那樣無助的，茫然害怕中硬擠出的笑容。他帶著他們去轉機，他一向對這樣的民工頗為同情，他知道他們的好心腸、善良，辛苦的工作與生活的難處。他年輕的時候就是懷抱著能為勞苦大眾改善生活的理想，成為一個要求改革的異議份子。

陳俊英帶他們去轉機，仍然是這樣的不能呼吸。卻如同他將來要面對與他在權位機關算盡各施狠招的黨內同志，甚且不能以手掩鼻。

他往後怕極了那連續灑在自己身上十幾個小時的香水，或者更確實的說，從來不使用香水的他，禁止他的女人們再使用任何香水。

那共同在島嶼內部競爭權位的現今執政黨，更進一步的，連昔日同甘共苦具有革命情誼的同志，所謂的同志近鄰，於他就是這樣惘惘的不能呼吸，在封閉的狹窄空間裏。

所以他們一直笑話那黨內不同派系的同志，打破自己的誓約：說一百次不會出來選。

卻選擇在端午節那天，宣布參選出來競逐大位。

陳俊英因而留下如此名言：

「是啊！端午節喝下了雄黃酒，當然原形畢露了嘛！」

陳俊英很快發現，更大的、直接的敵人，不再是過往抗爭近五十年的國民黨，而是黨內自己的同志。

過不了這第一關，遑論其他的！

3

陳俊英知道，一切相關的基本，都在數目。

在過往，君王大帝必然的要收集存放大量的女人在後宮，後宮佳麗三千應該算是個極致的數目。

（那著名的同在亞洲的獨裁者夫人，鞋櫃裏有三千雙鞋。為什麼是三千？三千果真是一種數目的極限，不論是鞋子還是女人?!）

隨著成為執政黨，陳俊英取得了相當的地位與權勢，更挾著革命英雄之勢，他成為政壇上的浪漫英雄，要睡多少女人，根本上絕不是問題。可他明白自己不可能像那些體育明星，一次與一群女人以累積人數。

政治上有所企圖，便要顧及形象，最重要的，他瞧不起上述「玩」女人的方式。之於陳俊英，作為一個浪漫的革命英雄，至少要喜歡他才願意睡，他絕不會承認自己是匹野獸、性機器、性上癮者。

陳俊英知道事實差別在：

數目。

現在，陳俊英不可能有三千個後宮佳麗，他同時能和多少個女人在一起，已經成為一個難題。雖然他讀過書本上記載，毛澤東一輩子睡過二千個女人，陳俊英懷疑這樣的數目是如何計算出來的。

在牢裏「什麼都沒有，就是有時間」，這方面的「先拜」最愛說及，日本男人著名的「千人斬」，其實要睡滿一千個女人，十分困難。

啊！畢竟體力有限，為達紀錄，不能重複的將那根陽具插入同一個陰戶中，萬一是如此美好的陰戶，都得克服想要再試一次的慾望。

不是常常說數大即美，在此數目為什麼就是罪惡？人間的懲罰，是不是也因此要多加一項！

現在，陳俊英無需在牢裏空思夢想，他完事後有時從一個女人身上翻身下來，偶也會想到自己的女人，無需去算算新的舊的、加上偶然有機會因緣際會下小睡一、兩次的，加加了不起幾十個，恐怕還真不算多。

這已經是他數目的極限了。

（該死的十幾年的牢獄。）

他還能有這個能力嗎？

是啊！能力，那被詛咒、最艱難的所在，還不能像他最引以為傲的長年坐牢，可以靠意志力堅持即能持久，這可是隨時不小心即得擔心會一洩而出，萬里江河喪盡無力回天。

對陳俊英來說，能夠勃起、進入每一個陰戶，都是逐次減少的零和遊戲，永遠害怕著那等待的最後一次的深淵，張大著黑色的大嘴，吸入、吞下、沒入就此退下無影無蹤。

卻也因此有了另種與女人嬉遊的方式：夜店。

是啊！那島嶼累積三十年的富裕，加上先前日本、國民黨各統治五十年的遺風，奇巧淫溺的酒家酒店 **Piano bar** 私人俱樂部，各種嬉玩甚且為台商帶到中國大陸引領「發揚光大」。陳俊英在過了下班時分的「自己的時間」，夥同友人於各式夜店中流連。

他是絕不會去碰這些夜店的女人，為著坊間盛傳的潔癖——不睡那同志、友人睡過的女人，可他喜歡被一群女人、不同的女人周圍著奉承，而轉戰於不同的夜店，永遠有的是不同、新鮮的女人。

（除了不睡她們外，其實與有女人沒多大的差別。何況不睡她們是不是最後也成為一種負擔的減少？無需去算這個星期得做的次數！）

便一直有這樣的故事黨內黨外流傳：

幾乎是每個晚上進出夜店，成為固定生活方式的那段時間，有回忘了自己私人的手機在助理那裏（不會是故意要忘，但至少是不怕、不擔心忘記）。鈴響，助理拿起電話，聽到一個迷人的聲音，顯然已有醉意，周遭吵雜人聲喧譁中，大聲的但又著意撒嬌的這樣嚷嚷：

「總統，我幫你拔陰毛，你來，我幫你把拔陰毛！」

助理當然知道，能打這支手機的女人得罪不起，她們的幾句枕邊細語，可敵千軍萬馬。可是這經典的「拔陰毛」，仍在政治圈裏廣泛流傳。

奇特的是一直不曾出事，很長的一段時間以來，沒有女人哭哭啼啼出來開記者會、也沒有女人要潑他硫酸。

陳俊英從與女人之間不同方式歡愛的記憶中，是不是自身也在學習、企圖增加能力，那始自幾千年前儒家老祖宗們「齊家、治國」的理念：

管理（家庭）／治理（國家）。

政黨輪替，陳俊英有了位置，開始有了不同的女人到來。

如同王麗美，終還是成為陳俊英的女人。

她當然知道他已然累積出來的性／家庭，一個「性團體」的大量數目。

事實上，她認識他時，就發現了這性／家庭的存在，也是她當年不曾與他在一起的主要原因。

解嚴後又過了些時候，「懲治判亂條例」唯一死罪的「刑法一百條」經過抗爭，才終被免除了後，王麗美開始可以很自傲的對外說：

「是的，我在讀大學時期，就一直有『作運動』的朋友。」

她有時還會對有些人宣稱，她是學運份子。不過，事實上，她在有些場合也會說，她沒有學運世代那麼老。

她便因為「作運動」的朋友，有機會認得一些在野黨人士。簡單的說，她和陳俊英略有往來，在她年輕的時候。

以她的世代、年齡，她睡的男人也不是太多，因著她要有所心動才會願意和男人有關係：

她一直強調，還有些驕傲的：不是只上床，而是有關係。

有所心動表示要有愛的悸動，過往她要的是愛，要那無論如何都不會錯認的愛的悸動，她總是立即知道它的到來。

「跟著它就去了。」她這樣知道。

而要等到她的愛開始有條件，她回顧過往的愛的悸動，不得不承認，那悸動不見得真的是一種神奇、神祕的某類牽引，也可能只是自己的境由心造。她認為最明顯的一次境由心造的對象，便是陳俊英。

那時候陳俊英剛最後一次從牢裏放出來，對她來說，坐牢已經很糟，坐過牢又作政治的更慘。作為愛人，他們大都平庸無甚特出，必然不懂情趣也不會有時間。

除了疲勞轟炸式的談他的理念，更常的是他對其他政治人物的批評、基本上是十分不屑，誰都不在他眼裏，除了他自己外。他們最愛談的權力鬥爭、怎樣鬥倒誰，派系之間的傾軋、小道消息……以表示他們是知道內幕的重要人士。

他們不懂紅酒，不會旅行，怎樣都不會是她要的愛人。

可是在那個時刻，陳俊英作為異議份子的自我尊貴、台灣的將來全繫在他身上的自我良好感覺，也成為一種英雄式的男人氣勢。尤其在當時，執政黨仍然未露敗相，政黨輪替全未有跡象，陳俊英還真有著悲劇英雄的氣勢，更容易引發女人的憐愛。

她也對他產生了那種愛的悸動，往後她認為她當時大概覺得需要一點愛的感動。

可她仍不曾要和陳俊英在一起，雖然明知陳俊英不只是給一時刺激，他的確有感動她的地方，尤其那時候她有的男人是創投界的名人。

在創投界以精準穩紮享譽的男人，自然不是年輕的猛男，他不大的陽具，床上表現，算是勉強達到三分鐘後才射精的「不早洩」標準。

（她必然是在床上取悅他的那一方。）

這個商界名男人一直不是一個床上的好愛人，她知道，也並不強求。如果需要性的滿足，這個男人，絕對不會是對象。可是他能給予她實質的經濟支持，讓她在美國拿的ＭＢＡ能一展所長。

然即便對陳俊英產生愛的悸動，她當時都不想要腳踏兩條船；更因為這愛的悸動，她知道自己會身陷其中不可能玩玩算數。陳俊英同時一直有著不少的女人，她必然會變得嫉妒爭寵使壞，這不是她要的。

同樣作為男人的情婦，如果不是已經死心塌地的愛上，相關的配套，當然可以衡量。王麗美選擇作有資源的男人的一個（也許不是唯一）的情人，但絕不是仍在作革命英雄的男人的眾多情人之一。

陳俊英當然感覺到王麗美對他的在意、卻始終不曾上手，他堅持了一下，應是面子問題吧！怎麼是女人不予回應？不過，他身邊仍有其他眾多女人，很快也就不了了之。

之後，陳俊英的名字她原不曾日思夜想，可是，隨著一步又一步的往權力的中心攀爬，陳俊英的名字不經意的出現在她的話語中：

是啊！我以前也認得他。

再加上：

那時候？那時候他們的政黨都還未曾執政呢！

政黨輪替，王麗美有了不同的考量。陳俊英有了真正的政治位置後，他方成為她同一圈、同一個階層、同一種等級的人。

而原在野黨聲勢蒸蒸日上，不僅在世紀交替的公元二千年，真的跌破眾人的眼鏡，推出的候選人當選總統，二〇〇四年還繼續連任。陳俊英在政壇上一向的發展，果真不容忽視。王麗美要不注意到這政治局勢的變化也難。

可是，也只有當政黨輪替後，陳俊英取得位置，經常出現在媒體上，她才具體的想回他身邊。這時候她已然不是當年那個年輕剛起步的ＭＢＡ，靠著那創投界名人，她早已經是進駐信義計畫區的豪富之一。

王麗美主動投懷，心知肚明的成為陳俊英眾多女人的性團體中的一員。是已然累積足夠的財富方讓她自覺有能力、也有意要成為女人們之間值得尊敬／可怕的對手?!還是，那進入權位中的陳俊英能有的政商關係，讓她看到了更上一層的可能。

陳俊英不會不知道他現在能給予的，王麗美的「來歸」是他的勝利，他樂於在她面前不再只能是過往被憐愛、疼惜的受難英雄，而是有權勢的男人，他也需要像她這樣的女人為他處理那複雜的政經人脈關係與財務。

她果真成為那眾多女人間值得尊敬／可怕的對手，只是有件事一直在她的心中：

陳俊英喜歡當他們赤裸地躺在床上時，用手去把玩她的乳頭。

通常是已經做完愛，不管是他或她，性的需要已經過去。他偶會射了精，而她，雖然不見得一定有滿足和享受，也習慣了他不見得每回射精，不論她如何賣力的夾它弄它，陳俊英就是有本事完好抽出。

他們彼此心知肚明是怎麼一回事，也無需說破。有一回完事後王麗美挫敗中忍不住抱怨：

「大概只有國民黨能讓你射精。」

陳俊英哈哈大笑：

「國民黨那配，那有那個能耐。」

「要不，抓你回牢裏，看你射不射！」

陳俊英愣了一下，臉面出現一抹惡戲的獰笑，歪著嘴角笑道：

「那時日思夜想就是這，洞都沒有，一定要射啦！」

突地將她重新按倒，提起他不知何時又已血脈青筋賁張的陽具，咻一聲順利進到她先前剛被進出過仍濕濡的陰戶內，大力蠻幹起來。

然後在她裏面射了精。

王麗美反倒全身僵直躺在那裏。

她不曾和他一起走過那被抓被關的血淚歲月，和她在一起的陳俊英已然功成名就，她不像他其他的女人們小心呵護著這她們以為銘刻烙印的「他心中的痛」，也從不怕去提及他的過往，甚且有意挖苦小小的戳刺，好平衡他有眾多女人們的氣焰。

她心無負擔率性施為，有時反倒令他對她另眼相看偶有奇招。

只她一直無法克服的是陳俊英喜歡當他們作完愛（不論他是否射了精），赤裸地躺在床上時，用手去把玩她的乳頭。

他們不是夫妻，不會睡在一起，可以做愛後呼呼大睡。他們等一下都還得離去，所以，總會說說話。

在這個時候，他習慣性的撥弄她的乳頭。

她原以為，這是他對她們不足（沒射精、沒做到足夠、沒讓對方滿足）的補償，就如同所謂的後戲一樣。

（他對其他的女人也如此？）

她一向以為以手心來記得男人陽具的，是女人的手。只有纖細的女人的手，能用手來衡量、握住：短小精悍、大而無當、又小又短、尺寸中等、軟硬適中、疲軟無力……的陽具。當然最好是最粗大的那支，滿進滿出無從被女人的手完全包覆的，由她握著、捏著、壓著、擠著、揉著、搓著。

可這回是輪到男人的手，對待的是她的乳頭。

（如果同樣得用到手，為什麼不對著她的陰戶，那他不射精即抽出而她期待仍被進出抽動的小穴?!）

很快的她發現，他只是喜歡這樣作，他作時也沒有特別的意識，更不用說蓄意的要挑逗她，只是一個習慣性的動作，讓他自己覺得好罷了。可是敏感的她，那是一個十分刺激性的動作，不為性的前戲挑逗，在做愛後把玩乳頭，令她十分不安，像一直踩空著一隻腳，極不舒服。

她更不能接受的是，他只是沒什麼特別意識的動手，以兩、三根手指頭，右手的大拇指、食指、中指，來撥弄她的乳頭，可是她卻必然要有那樣強烈的身體反應，不僅乳頭硬起，而且一再受大力撩撥極度刺激的不適。

他挑戲她，但又全然不知情，也不負責任。

這個男人，就是不知道也不在意會在她的身上會造成怎樣影響的人。

她制止他，他停下來，不一會又累犯。她真正生了氣，他便解釋是置身於黨內惡鬥的最激烈時刻，尤其折衝於政治運作十分焦慮。

她便只能由他。

因為陳俊英的名字已然出現在她臉面上，大大的三個字：

陳俊英。

圈子裏都知道她是他的女人，而他有可能成為一個總統，或者至少，副總統候選人；

她便有可能成了一個總統，或者至少，副總統候選人的女人。

（往後的總統、副總統的妻子?!）

女作家問：

這個王麗美，可就是深夜的酒吧裏，那個美麗的、看不出具體年齡的女人？她一張緊緻光亮基本上不帶妝的小小臉蛋，浮在一身黑衣、一頭過肩帶捲的黑髮上，星月搖曳似的清麗。是個良家婦女，卻在煙霧彌漫的酒吧，突然好似終於突破了心中重重的障礙、不吐為快的在說。

「我的祕密和總統大選有關……」

女作家說：

這龐大的數目，要如何控管、經營?!

在過往，君王大帝後宮佳麗／富裕的官商家中的姨太太，女人們基本上得依賴男人存活，既沒有能力反抗，也很難逃離，唯一的生存之道只能留下彼此爭鬥。

新一代的政治人物，面臨到的是這個文化過去幾百、幾千年所不曾有過的：

女人們有獨立自主的能力。這些女人不需要人養、不需要被負責，她們要的就是愛情（或者一開始只要愛情）。

女人的數目累積，如此形成一個團體／家庭，一個性團體。基本上原配一直在那裏，元配如果在年輕的時候不曾被離棄、不曾自己求去，往後就少再有機會離開。

男人們發現元配的好處多多，可以出來捍衛元配的主權，一起聯手擋掉糾纏的女人們。沒有元配，男人們也一定樹立一個出頭的女人，她公開為這團體／家庭眾人所知，具有如元配的警示作用，而其他女人則基本上留在暗處。

必然會有人離去，這個性團體不會無止盡的只會膨脹。離去的女人可能製造紛擾，但一定有女人們留下來，一開始愛上了，又沒有能力離去，知道自己沒有名分，她們必然的要十分順服，而且，最重要的，對這團體／家庭有貢獻，男人們也就不致使出強硬的手段驅使她離去。

女人們來來去去。她們心知肚明彼此的存在，但不願稱呼彼此的名字，她們用來到的先後順序：那個小三、小四、小五、小六……

而當小三、小七走了，往後來的女人不願來填小三、小七這個排序數目，寧願接下新的數目，成為十五、十七。過一陣子十一、十八、十九走了，新來的女人同樣不願往前填充，這下子排到二五……三一……五七？

女人們來來去去，留下來的女人不會有排序的數目那麼多，中間會有空出來的數目，那一個又一個空著的數目：

張著淒慘無言的嘴。

陳俊英知道，一切相關的基本，都在數目。

陳俊英不斷的累積他的女人們。

女人們有人新來乍到，有人承受不住離去，一定也會有人長時留下來。

陳俊英基本上不曾多在意這些女人們的去留：

「妳們不是國民黨，連國民黨都威脅不了我，妳們也沒有人能用離開威脅得了我。」

陳俊英更知道的是：

性是維繫住女人們的最好方式。

這些大多無需金錢養活、不要名位權力的女人，要的先是難以衡量的愛情，和更能實質證明愛情的：

性。

就是性。

（「給伊們吃一頓粗飽。」）

而女作家仍然鍥而不捨的要繼續追問：

啊！這樣龐大的數目，要如何控管、經營?!

# 空有之間／冰火九重天

林慧淑們／丁欣們／巫心怡們，現在還有王麗美們……早一些或晚一點，差別只在時間先後，必然的會清楚，男人隱忍不射／暫時不起，另有緣由。不論如何輪替，林慧淑們／丁欣們／巫心怡們，現在還有王麗美們，都輪流遇到了男人中斷性交／暫時不起。

這般有違常理的不曾射精，先是讓丁欣心生疑慮，一開始還以為是太過疲倦、政圈高度鬥爭引發的無力感缺乏性致。可只消幾回，丁欣立時確信他在省下他的精液。

為著一定是要用到別的女人身上。

丁欣必得歷經那不只是兩人之間的性愛，重疊交歡的兩人之間，果真可容下了另一個／另幾個！

另外有息無影的女人們！果真是三人行／多人行。

（我雖始終沒有達成母親要求的那種不穿長線，優雅的做女紅的期許。但高中那一年，有個家事課老師，要我們繡一幅兩尺多長的湘繡，這是連我母親都不熟悉的女紅。成長在日據時代的母親，養成是我稱作的台式的日式，學洋裁用縫紉機作洋服；繡花也是會繡的，但更多的是十字繡，來做桌布、餐巾這類。

我的家事課老師來自中國，一九四九年隨蔣介石來台、被我們稱作的「外省婆仔」，才會要我們繡母親也不會的湘繡。老師教導下畫面先來了，自己描在白色絲綢上，下方是三朵牡丹，背後上升一枝枝枝枒枒的紅梅，棲著兩隻小鳥。

要打學期成績分數，我只有按老師教導，乖乖將繡線拆開成極細極細的一小股一小股來繡（自然也不可能「懶惰女人穿長線」了）。細針密線進展極為緩慢，而且顏色繁複，不管牡丹、綠葉、小鳥，都由十幾種由淺入深的繡線來繡成，工程十分浩大。

我母親在一旁看著，十分欣喜，一再地為我加油打氣不要放棄。我當時有個感覺，母親如此喜歡我做女紅，一定是覺得我好不容易回到女德「正途」。

而我也發現，即便在高中當時，繡這浩工費時的花鳥圖，自己處在十分安適的狀況。

是的，做的過程我會感到舒適和樂。）

所以，雖不曾生育但畢竟年歲較長的丁欣，得注意陰道得更緊更窄更小；年輕的巫心怡叫床聲因而更必需：她原還只會說好舒服、真好、受不了了、再來啊、還要、不要停這類習慣語詞，這下有需要，從 A 片詳加研習，從聲音到詞語，一時精進不少。

學習適應陳俊英不知何時即會將陽具從自己的陰戶拔出再翻身下來／或者，做過前一個女人的陽具已然見疲態，巫心怡每回都要更盡力表現出來高潮……

女作家問：為什麼不能離開呢？

於是之於丁欣，陰戶的真正快感來自於放棄。

只有當丁欣能放下陳俊英從她的陰戶中抽出未射精的陽具，準備稍後再去進入另個女人陰戶／或者剛從另個女人陰戶抽出未射精的陽具，要來進入她的陰戶來射精的干擾；放下被羞辱的感覺，放下被這有形無形入侵的先是驚嚇、傷心，接下來噁心、不適、不快。

最後甚且放下她作為女人以來習以為常的性愛反應方式……

既然必得如此，除非認輸被打倒，否則就得面對解決。持長的一長段時間內，不肯屈服的丁欣，發展屬於她自己的性愛快感，而這快感來自於放棄。

從中，她由放下（放棄）中重建屬於她自己的快感。

這個靠自己成功女人，也曾獵取累積過一些男人，充分知曉自己原就能十足享受各式性交快感。在不願就此屈服的堅強意志下，以她十分敏感的胴體，就此去習慣陳俊英帶來的新性愛。

逐漸習得，專注於那實質男人軀體能帶來的享樂，並從中鉅細靡遺的去體會極致的快感，不僅對陳俊英是一種挑戰與羞辱，她也的確因此方感受到了過往忽略、不曾留意到的他種享樂。

或許差別只在能不能體會其中的不盡相同。過往因專注要使快感能更強烈，基本上意識全集中在性器及周遭，好迎承的去感受。於今那男人的操插基本上還是得一進一出，為了避免快速、猛烈的衝撞進出，會導致不能克制的立時射精，陳俊英將陽具滿塞陰戶在裏面緩慢蠕動。

如此延遲，

在抽出陽具——

再插入間，

剎那便真正的會成為永恆。在陳俊英稍略間隔的一進一出／緩慢蠕動間，反倒有若真能感覺男人陽物衝撞中，波濤洶湧中波波來襲的觸麻感震盪到全身遍體，那撞擊有若震開了肌肉，搔麻的流動沿著脛胳舒展開去，無盡的鬆弛與更從中會意：舒適。

也於自己身體有了更多的感應與知覺。

可會是一種圓滿的俱足？是否也該帶來另類至高的滿足，當小穴內無時無刻不滿盈？還是，那性的極致快感原就在有所期望，在陽具插／抽之際的足／不足、空／滿之間。當男人陽具抽出，在懷想、預期、渴望、要求、索取男人陽具再次挺進插入的瞬間，於這難以計數插入／抽出、虛空／滿塞的電光石火衝撞之間，性的快感方得以產生。

如同其他一切，俱因著空而滿、不足而足。

於今，她清楚的面對了陽具插入／不插入陰戶的滿塞飽足／空虛撩撥。

那麼，最極致的性滿足與修練，原就在女人自體！鉅細靡遺的去從空中體知滿足，一切便能俱因空而滿、不足而足。

陳俊英的陽具不正在丁欣的陰戶裏一進一出的抽動中。

可挾勢進入的是什麼？

她還有無窮無盡的空間在接受？

啊！什麼？可是等待著再接受另一個男人、另一根陽具嗎？

（自體修練成的另個男人、另根陽具！）

王麗美則要發現自身處於奇特的火燎／冰心的狀態中。已然彼此熟悉的身體，那陳俊英一出手即攻要害，勇壯帶體重分量的男人，活脫脫激情已起的熱火肉身，壓向衣衫盡除女人裸露的胴體。

為何襲上王麗美心中的竟是一陣森冷，撩起脖頸胸乳處遍體雞皮疙瘩。

（完事後他是否又要習慣性的撥弄她的乳頭。

他今天是不是又在折衝於政治運作的十分焦慮中。）

那男人的熱火持留在兩人胴體之間，她下體陰部在男體擠壓擺動摩擦不已下一遍火撩，基本上肉身胴體上的快感仍必然存有，尤其是如許懂得享樂的中年女體。

然心中胸乳處一片冰寒不見和暖。

啊！是不是只消懂得如此轉換的嘗試，即能化為至高性樂的修為追尋?!

那冰火九重天！歷經的可是這樣火熾／至寒的交會？這只在傳聞中不曾體會過的最極致性滿足，得在這樣奇異的組合狀況中得以發生，那些玄奇的性的修練，最終之道，是不是也在類似的方式下才能達成：

最冰寒的冷心／最火熾的胴體，生生剋剋中方帶領到至高的無我極樂。

而作為女人的心腦、胸乳／陰戶、小穴……本來就俱足要達成此的這些條件。只消冷心中無所陽具，而熱火不存於心中。

啊！豈不是那只在傳聞中的「冰火九重天」！

熱極的瞬間自然是能力很好的男人於女人陰戶中操插摩擦；極冷的是那胸乳竟然遍存一片冰寒。這可是那只在傳聞中的冰火九重天?!一重一重的冰火，冰／火，火／冰，火冰，冰火，是一層一層的捨棄與攀升，那歷經奇異的胴體內極冷與極熱的交戰，為著的，究竟所為何事?攀升到的，是怎樣的究竟?

巫心怡得要能對付陳俊英人是來了，但因他自體能力不足對她造成的折磨：得一再以口唇去包覆吞吐陳俊英的陽具，撥弄那一根不能全然堅挺但確實可感到有所企圖的陽具。

是啊！得是怎樣專注，才能讓等待中的那個巫心怡滿心慾求以為可以迎受男人陽具在陰戶操插進出的極致快感中，還能專心去讓這一根堅挺不足的陽具在口唇處進出，於她的臉面搔觸摩擦，從口唇、眼睛、耳朵、鼻孔，所有有孔洞的地方勾引起陽具的慾想能力。

為著對他極致的愛。

是的，愛。只有愛，巫心怡雖然一直知道，這陽具於相隔不長的時間，才從不同的孔洞拔出的不足，於全身遍體從陰戶傳出來的至大渴求中，還能夠有能力有意願仰起頭臉，以口唇去吸吮、包容、舔舐、進出摩擦陳俊英堅挺不足的陽具。

是啊！得是怎樣情深至堅的愛，才能讓巫心怡可以於渴想極致快感中，還能分心去以口唇履行那多人行——

而那口唇去吸吮、包容、舔舐的快感，也才能真正產生。

之於巫心怡，這口唇的真正快感是來自於愛。

（我知道我們的心中一直駐著一個小女孩。不論我們的年齡多大，小女孩一直在那裏。

我最近在學拼布，最想做成一件作品，就是戴大帽子側臉的小女孩，那個著名的蘇姑娘。我特別選蘇姑娘手挽著竹籃，滿籃採摘下來的各式各色花朵，她站在一幢綠草、孩子環繞的木屋別墅前，屋子的煙囪冒出烹飪的濃煙。好有家的感覺！

我心中一直的一個永恆女性圖像。

成品會如何呢？大概不差。我知道自己和緩、有耐心，只希望不那麼講求完美，只當它是一件賞心悅目的工作，做的過程我會舒適和樂。

好用來等待。）

我們看過、知道、經歷這樣的心。

那陶器被斷定有幾千年的歷史，粗略的是一個女人樸拙的形樣，因為有隆起的胸部，所以是個女人，而且，她的下體陰部，有一個空的心型孔洞。

這類陶器本無甚出奇，許多古老文明都曾出現，只這個在下體陰部挖出的心，是一個如此塑造完美的心：那種我們現在還一直在項鍊、裝飾品、卡片上看到的心，心最傳統也最永恆的形樣，曲線對稱比例完美。

而那文明早在幾千年、甚至更久遠前就存有。

啊！永遠的歷史中，心的形狀不曾改變，從史前至今一直有這樣永恆的心的圖像。

心。

那下體是一顆心，清楚明白絕非其他。

以在那位置、那樣挖空的形樣，是一顆準備要被陽具進入的心！

我們是不是一直掏心掏肺的挖空我們的心來給男人，過程中我們撕開自己鮮血淋漓疼痛萬分，而終究，他們只不過拿我們的心來作陽具進出的地方。

（我們的心，只為讓他們的陽具進出。）

# 之二

我們，當然包括所有的林慧淑們／丁欣們／巫心怡們／王麗美們／……們……當然，也包括所有的陳俊英們，都知道這個故事：

人豬。

這已然成為這文化裏有關女人因一個共同的男人，展開女人對女人報復的最極致手段：

人豬

那公元前兩百多年贏得征戰、一統天下的漢朝開國始祖漢高祖劉邦和他的妻子呂后，曾患難相共建立帝國霸業。得王位後高祖寵愛善翹袖折腰之舞的戚夫人。戚夫人以其媚工與姿色仗其寵幸，日夜啼泣要高祖立自己的兒子為太子，呂后聯合朝中重臣反對，未果。

高祖死後，呂后持政，殺戚夫人之子，再將戚夫人：

斬去手腳（是從臂膀肩處、大腿鼠蹊部，整個手腳斬去？）

拔光頭髮

薰聾雙耳（耳朵內灌硫磺、灌鉛？）

挖掉雙目

啞藥毒啞（還將舌頭割去？）

丟入茅廁（仍然活三天、還是三十天？）

再帶已立為皇帝的親生兒子惠帝去看這「人豬」，告之是戚夫人，惠帝稱其母作法「實非人所為」，驚嚇得病，不再能理朝政。

儘管有此「人豬」事件，呂后主政十五年，仍得望重德高的太史公司馬遷認為她在權不在位，列入只有帝王能進入的本紀。更稱讚她行黃老之術，讓社稷得以休生養息，治理國家的期間「政不出戶，天下晏然，刑罰罕用，罪人也希，民務稼穡，衣食滋殖」。

這位來自民間、爭戰得權的漢朝開國之后，以其深知百姓疾苦，立下多種愛民政策，但時間過去，功績雖寫入史書，往後最被記憶的仍是：

人豬。

而所有掌權的女人都一定被認為不得善終，一場赤眉軍之亂，叛軍開高祖墳，凌辱葬於一旁的呂后屍身。

兩個女人，呂后與戚夫人，在往後長達兩千年的中國歷史、無數的帝后妃之間，在同樣無盡的爭寵／殺戮中，兩千多年以來，甚且久傳於世的博得歷久不衰的盛名。

女作家說：

民主到來的時代，女人之間的戰爭，好像也不是這麼一回事了。

（公元前兩百年的「人豬」，已然達到一種極致，難以超越。現代有機會獨立的女性，開拓了另外的新局面?!）

終有一天，差別在所需時間的長短不一，終於林慧淑們／丁欣們／巫心怡們／王麗美們，以及將要到來的葉莉們／吳曼麗們／李婕們／曾敏敏們／……們……等等都瞭解到這個道理。

她們開始會問：

「我是不是一定要留在這裏？」

但且慢，她們留下來的理由不一，但還有另一個重點：就算她們想留下來，也不一定能留得下來。

# 1

被逼／選擇離去的，要先從林慧淑說起。

由著陳俊英明顯的嫌惡，林慧淑不能不一再的回去想到她的男人們。她最以為的羞辱。

在過往，當要想到她的男人時，她總很快的算過他。她一直對和這個男人往來幾個月覺得相當難堪。難堪不在他不大的陽具、床上表現不佳，而在當時這麼樣不起眼的矮小男人，她居然讓他睡了她。

然後，當政黨輪替，這個男人，陳俊英遠遠瞧不上眼的律師，林慧淑當年最有名的「表兄弟」之一，被拔擢較陳俊英更高的位置。

「踩著我們的血淚、割稻子（穀子）尾的。」

陳俊英老愛這麼說，而圈子裏的人都知道，指的尤其是他。

陳俊英如此在意他，林慧淑發現在計算睡過多少男人時，她不再能很快的算過他，那男人因陳俊英，已緊迫的沾黏在她的身上，無論如何無以塗消難以抹除。

其他的男人呢？她還是始終無法清楚算出來男人的總數。雖然事實上並沒有她自以為的那麼多。

（當然可以拿紙筆一個一個名字寫下來，多寫幾次總會弄清楚，但又覺得很超過、不必要，好似那男人的名字一被寫下，就成為一個永恆的污點，一輩子都黏在身上，再也去除不掉。）

事實上陳俊英不會明白的逼迫於她，啊！陳俊英是政治場面上的人物，他一向懂得「說話」。

他讓她的羞辱來自她自己。

——她的無論如何不能忘懷。

要復仇的女人，出現的狀況是眼中全不見物，只沉浸在她自己的思維中。這樣的情形一直持續，長年累月曠日費時。

什麼是稍醒過來的片刻？是聽到聲音，看到影像，是視覺還是聽覺，還是如果可能的話，得是觸覺，能將她從那樣灰濛濛無天無日的狀況中拉扯出來？

是不是得是聽看碰觸地震海嘯核能廠出事重大天災還是一場數十萬人糾結大抗爭世界末日的預言外星人來犯中國飛彈來擊股市崩盤全球經濟走下坡……

以上皆非。

只消有關他的訊息，不論多麼微不足道，她才會才能注意。

開那記者會之前，她還先去算了命，在寺廟旁的地下人行穿越道，小小的一個個隔間，想要找的是個女人，叫「遠塵居士」的女算命師，但一直沒碰到她。

人們說她的機緣未到。

她那陣子一直只想讓女算命師算命，但一直錯過。

（她知道自己為什麼要找一個女算命師，那男算命師就是一個男人，一個男人，一個同樣可以睡她，將陽具插入她陰戶裏的男人。為著不要再在一個男人面前加重自己的屈辱，她一直只想讓女算命師算命。）

結果人們說她的機緣未到，只能給一個男人算。她寫下生辰八字，還卜了一個米卦，她有著攤在那男算命師的眼前的感覺，那種全身暴露在卜者的眼前，一覽無遺的感覺。

更糟的是，那男算命師說她女人男命，她是別人的貴人。

（一開始她還相當自詡她可以是別人的貴人，至少可以幫助人。）

可是算命的說，人生最好的是：別人是妳的貴人。

（她終瞭解到她是當了他一輩子的貴人。）

多年來，女作家聽聞各式各樣在那個白色恐怖高度戒嚴長達四十年間發生的悲慘事件，但不知為什麼，那其時年輕美麗的林慧淑伸手入蚊帳內握住上了手銬的男人的手，更為了餵飽那防不勝防前來吸血的蚊子，不知怎的一直深切的留在女作家心中。

說這一段故事的女事業家，低頭拭去眼中的淚。

「陳俊英住了大半年醫院後，傷勢略微好轉就被送回離島的綠島監獄，她當時為了怕替我增添麻煩，不敢主動來找我，就失聯了。」

「找到她了嗎？」

「有。可是她的狀況並不好，她一直還是這樣深愛著陳俊英，簡直是瘋了。」女事業家真的以手比了一下腦袋作一個秀逗的手勢。

女作家點頭：

「我知道，她到現在還深愛著他。」

「以前那麼漂亮的人，變得這麼多。」女事業家語帶保留：「她兒子要結婚時，還是我帶她到百貨公司買了一套衣服，才站上台的。」

「我有參加那場婚禮。」女作家說：「我記得她有些害羞，不知道要如何，看來很緊張。還好有那些政治犯難友來幫襯，最後，婚禮也不是她主持的。」

他的政治犯難友，同關過泰源監獄，並非有特別交情，但他前一次關出來後，難友就前來找他，說是敍舊，但實是來借錢，而且並非三五千塊的生活費，是為數不小的錢。

林慧淑記得這前來借錢的難友，並不是特別老、落魄，是個瘦小個子的中年人，與他年齡相彷。有一張看來精明的臉，至少不是無心機的那種。是因為膚色較黑，還是一頭濃密的黑髮，黑鬚在他尖削的臉上尤其有著怎樣修飾都不乾淨的骯髒感覺。

她當然不會答應借錢給他，這些難友會是無底洞，怎樣都填不滿，走了一個又來了一個：

「就算開銀行自己印鈔票，也印來不及。」她記得誰這樣說過，也用這話告訴他。

他知道，所以後來甚且不曾向她開口。

但她知道他還是借了錢，否則那瘦小削臉的難友不會就此不再見到——至少她還有機會和他在一起的時候不再見到。

她當時一直有一種直覺的懷疑：

「這瘦小削臉的難友是不是握有他什麼把柄，他才會肯借錢。」

牢裏，黑牢，又是這麼長的一段時間，沒有什麼問題才不符人性！

何況他對他的政治犯難友，那他們彼此稱為同學的，從來不曾寄以同情或看得起，也少來往。

何獨這個人會前來借錢，還真借到錢，她合理的想法是：

「他在牢裏有什麼把柄在那人手中！」

林慧淑，這被蹧的妻子，作了最終忍無可忍的報復。

（他在牢裏被人拿住的把柄。

是接受金錢；長期作統治者的抓耙仔；是供出同志，使更多的人被逮捕、囚禁、處決；是告密，危害了一次牢裏的逃亡；是打小報告，以換取較好的牢中待遇……）

可願意與她站在同一陣線的，都只有「說法」、「聽說」，拿不出確實的證據。

解嚴多年，「程序正義」在島嶼上始終不曾實行，過往被抓被關的異議者雖取得政權，然只短暫的執政八年，相關的資料仍在有關單位中，在必要的時候方拿出來打擊異己：公佈當年的悔過書、自白書，好毀壞他們的英雄形象。

然他顯然不是有關單位要打擊的對象。更由於位居高位，他也自有一幫同為政治犯的同學幫他站出來造勢、在媒體上為他說項。

然後才是陳俊英懷帶著傷感，以及對林慧淑寬廣的包容，這樣全然不曾回擊的澄清著自己的清白。

陳俊英簡單的回應說，清楚記得當時有一種滿足。雖然他剛自牢裏出來不久，除了對自己的信心，可說一無所有。而這前來找他借錢的難友，讓他有此人「慧眼識他這個英雄」的滿足感：相信他會有這樣的能力、辦法借給他錢。多大的肯定。

要的如果是三五千塊的生活費，他也就不借了，沒志氣！難友借的數目不小，說是要投資創業，邀他入股作公司股東。

他並不相信什麼公司股東，長時間坐牢沒有太多的社會經驗並不表示他缺少這類經驗，牢裏本身就有一本更嚴苛的經驗法則。但他還是答應借錢，雖然知道要回來的機會不大。

陳俊英話題一轉，接下來，長篇的說起這樣的事，並不是眾人原以為的什麼血淚交織的悲慘，而浪漫的傷感情懷溢於他的臉面。

他成為政治人物，必得去探看各式各樣的苦難、災難：土石流滅絕了全村、山崩整輛火車出軌、或者年邁的雙親為被刑求致死的兒子下跪……

都不及當年那一對年幼的姊弟。

陳俊英自己前往（那當然是個還沒有司機座車、當然還沒有記者隨行的時候。）事先就知道兩個孩子住的地方是舊日豬灶，低矮破舊殘敗髒亂都可以是預期，不能接受的是屋內堆滿各式撿來的報紙、箱子、瓶瓶罐罐廢棄物，原窄小的空間更擁擠到多他一個成人都難以容身。而一長條原用來餵豬的低矮石槽就在一進屋的窗口，如此清楚的標示曾是養豬的所在——豬隻們就由這豬槽吃食。

小男孩看來五、六歲，來之前就知道不是缺陷只是不愛說話。見了他用來表達對他的好，也果真不用語言，一下子給他一顆他吃的軟糖、甜的餅乾；拿給他一朵紅色的玫瑰花（那附近荒煙漫草只有不能耕種的荒地，顏色鮮麗的大紅玫瑰花，不知何處去取得）；一下子又拿一本故事書來給他。

陳俊英有的是時間，就在那長條原用來餵豬的石槽上坐下，為陪同小男孩略為翻閱了一下故事書，是一本格林童話畫本，陳俊英不認識的文字，圖說清楚顯示關於一個後母煮了前妻的孩子（小男孩）的恐怖故事，童話故事裏的孩子後來變成一隻孔雀。

那女孩子看來大許多，但不見得是因著年齡，而在她的懂事。父親被抓母親精神狀況開始不穩定，她只有八歲左右。之後那女孩子成為像母親一樣的角色，照顧著整個家，弟弟還小，母親做事一團混亂，她燒飯、洗衣服，作零工，全家只有她知道在那堆滿雜物中可以找到什麼東西，大至除草用的鐮刀、劈柴的柴刀，連小男孩的軟糖、甜的餅乾都靠她找出來。

那小女孩做母親做的事情，方將整個家圈圍起來還有現在的樣子。貧窮髒亂、姊弟倆還有那經常不見的母親，當然令陳俊英悲傷不忍心，但讓他往後仍如此記憶深刻的不安的，無寧是那軟糖、餅乾、紅色玫瑰花、最主要的，那格林童話畫本。

可以想像一定是不久前，有人同樣前來關懷，帶來伴手，才會有這些絕不是這家庭會有的軟糖、餅乾、紅色玫瑰花。可是誰帶來那格林童話？原就是個恐怖至極的後母烹煮前妻小男孩的故事，那畫本稍仔細看就該知道並非給孩子看的童書，極可能是專為特殊族群製作的成人童話，還好不認識的文字不致加強應該是戀童、虐殺的內容。

誰帶來這格林童話？是不懂、不在意還是不經心？在那白色恐怖時代，不會是蓄意或惡意，不致有人故意來到這類不該來的地方，再給自己惹麻煩。恐怖的因而是出自善意，冒著不便前來關懷，是有圖畫的書嘛，所以拿來給孩子看……

（被善意帶來堆在那雜亂的家中的還有什麼？）

往後陳俊英成為在位的政治人物，必得看到救災的捐助中，為數不少過期的食品、瓶裝水、廢棄的無用東西，捐出來的人等於是丟棄家中捨不得丟的垃圾一樣的在做善事。

可是都不及這格林童話畫本，在兩個年幼的姊弟家中。

陳俊英在事件發生的多年後，也一直記得小男孩還有一隻玩具熊，送給他的人說熊熊的名字叫：

**Hans**（漢斯）。

小姊姊更正，不是 **Hans**（漢斯），是：

番藷（**Hanz**）。

漢斯／番藷

**Hans / Hanz**

（這部分至少是「政治正確」？）

陳俊英說他記得當時曾說予林慧淑聽，原善意的出發點，為著某一些無可分說的緣由，最後成為傷害。陳俊英說林慧淑為了撫慰，著意的拉雜扯了一堆：小男孩還小，看不懂那戀童、虐殺的，所以也就無所謂被傷害。

「小女兒呢？」他問。

「可能根本忙到沒時間看呢！」

所以最後，林慧淑話鋒一轉回到那童話：

「被後母煮了的小男孩，後來不也變成一隻孔雀。」

## 2

她們，都有著各自被記住的重大章節，僅管她們各自的意義不同，或者說不盡相同，她們會被這樣的看見。

林慧淑，那被蹧的妻子，作了最終忍無可忍的報復。

雖然在某些程度上打破了陳俊英為自己成功塑造成悲情但堅毅的政治犯神話。（未被掀開的還有多少不堪：作統治者的抓耙仔；供出同志，使更多的人被逮捕、囚禁、處決；告密，危害了一次牢裏的逃亡；打小報告，以換取較好的牢中待遇?!）

林慧淑也成為那陣子政壇上的笑話，相較於陳俊英其他現有的年輕女人們，她的老態，只成失去男人的失敗者不甘心的反擊，無關任何正義。可還有其他的女人，比如，比如丁欣呢？

丁欣，是為曾經的支持者。

關於丁欣，便有了那著名的「豬撲滿」的故事，並事先已然出現在其他的書寫中。

我們於是一定要問：

這應該是的祕密，何以會流出？

流出的管道一定只有來自丁欣自己，因為這是如此私密之事，僅存於兩人之間。

我們於是合理的先要問出：

可是來自陳俊英口中？

基本上我們不相信是來自陳俊英，因為沒有人會如此自暴其短，這畢竟並非值得炫耀之事。

但有些事情在這樣的革命時代，會有不同的意義和解說。

比如那陳俊英的革命同志，那著名的無可救藥的樂觀主義者，便有這樣的名言流傳一時：

「要作革命、作運動，女人的錢最好用。」

女人的錢好用在沒有負擔。

如果是金主的錢，那些拿錢出來資助革命、資助運動的人，多半是有錢人，而且多半是有錢的男人，他們多半在事成之後，也就是說革命成功之後，要求回報。

要求回報並不可恥，這無可救藥的樂觀主義者這樣說：他們投入金錢支持時，大半不期待回饋，因為革命並不常成功。他們的可貴之處在支持時一定為著理念，多半還冒著風險。有一天，居然事成了，合理的要求回報，也是應該的，何況他們視要求某一個位置、職務，是在實踐他們當年支持的理念。

可是女人不同。她們也出錢出力，但她們更常支持的是人，是愛情。因為愛上了革命份子，不惜以身相許，出錢出力，而且不要求政治上的回報。

（或者，她們要求更大、更困難的回饋?!）

女人們大多不要求政治上的酬庸，免除了占據權力與位置的分配，讓革命成功後的新掌權者，有更大施政布局的空間。

所以女人的錢最好用，因為她們不為換取權位。

她們要的是男人。

要不到呢？是否會有玉石俱焚的更大傷害？

那出名的無可救藥的樂觀主義者不以為然，革命家哪在乎男女關係，在這方面身敗名裂一點也不可恥，可恥的是權力與金錢的腐化。

便要回到陳俊英與丁欣，那已然流出的祕密：

豬撲滿。

這是一隻有尺來高的陶瓷豬，圓大的頭與肚腹，脖頸處分開可活動，拿下那大豬頭，底下的豬腹直徑有近尺，足足可容下不少物件。

丁欣用這陶瓷豬來作撲滿。

為避開彼此之間金錢直接往來的尷尬，丁欣將為數不少的現金，放在這豬撲滿的肚腹裏，以方便陳俊英需要時可以自行拿取。

那當然是兩人仍在甜蜜相處的階段。丁欣並非小氣的女人，即便過了濃情蜜意期，豬撲滿裏還是一直有大量的現金。

像所有的情愛關係，最容不下的是背叛。丁欣在男人會省下他的精液、高潮來前即抽出離開時，意識到了男人可能的背叛。雖然男人技巧的表現出來是因著疲累、心煩，甚且有意無意的讓丁欣以為是對她性趣不再。

並非對性缺乏經驗一知半解，丁欣清楚的看到，男人拔出陽具前，正處在極為興奮的堅硬狀況。他可是用了極大的意志力，方能在那緊要關頭不放任自己的克制住即將到來最巨大的享受，那整個性愛過程中他不斷衝刺抽動，為著的不也就是這最終射精的樂趣。

然他用極大的意志，克制、停下、抽出。

第一次丁欣以為是為了不在她體內射精，還告訴陳俊英沒關係並心懷滿溢的感動：這麼肯為著設想的男人，的確不常見。可是接下來她也立即發現他並不曾射在外面。他只是立刻快速抽出，頹然的一旁倒下。

他仍勃起的陽具，還硬挺在那裏。

（她倒不曾一直親眼目睹它多久後才小消下去。）

丁欣不曾像陳俊英希望的，以為是自己失去魅力，他方突兀地中止性交抽出陽具。丁欣就記憶所及，只記得讀過男人因興致不再有困難勃起，不曾聽聞會因而不能射精。的確，是有狀況男人在被干擾下無法完成，但俱是在陽具癱軟下來後方不能射精。

他是為了保留體力。丁欣如此猜測，尚不曾懷疑他的背叛。她直覺的想法是：如若他另有其他女人，他會減少與她做愛的次數，或者，就不再碰她。

得要好幾次後，丁欣確認他的中斷性交，是另有他圖。陳俊英卻又突然的回復常態：讓她引領他勃起、進入、抽動、射精，不會偷工減料，例常的做個一、二十分鐘，甚至大半個小時。

好似他從不曾有過中斷性交的舉動。

作為知識女性，丁欣決定要和他溝通。

「你是不是另外和誰在一起？」她問。

他否認。

丁欣相信他。

之於丁欣，這是一件再清楚不過的事，如若他有別的女人，讓她知道，她會有所選擇。她可以離開，或是選擇留下來——為了任何理由。

可是陳俊英每回都加以否認。

不是那種指天立誓的否認，她也不曾一再一再的追問，只是簡單的問，而他每回也就簡單的回答：

「沒有。」

她相信他。

他們從來沒有過交心的時刻，陳俊英不會是生性多疑，然長年牢獄囚禁中各式苦難，出來後與統治者的情治系統無止無盡的貓捉老鼠諜對諜，一定養成了他誰都不信任的多疑。

啊！他們並非不談話，陳俊英作為一個浪漫的革命英雄，他在牢中「什麼都沒有，就是有時間」，聽來及讀到的廣泛知識，他們可談各式話題。只丁欣無論如何要覺得，他從不曾真正的向她敞開心門。

她憐惜他受到的屈辱，心中的黑暗不願為人所知，以為信任和愛可以化解這一切於萬一，啊！是的，她選擇相信他。如果她要對他起疑，那麼他們之間必定只有諜影幢幢。

（又何必在一起！）

她相信他還為著一個奇特的緣由，他是一個人格者，那其時人們對他們這些坐多年牢而不改其志者的常用稱呼。而他作為一個人格者，不會，也無需為這種事説謊。

往後她回想，為自己居然如此 Naive（她堅持要用英文這個字，才能真正顯示出她的 Naive）的就相信他感到不可思議。她既不天真也不純潔，她是一個經歷過世事的中年女人，居然如此輕易的相信他不會説謊。

——只因為他是個人格者?!

（那才真是個純真的年代，一個還有人格者的時代，或者更重要的是，一個還相信人格者的時代。）

往後知曉他果真是為省下精液好能保留能力到下個女人身體內射精，丁欣嚴重的覺得被戲弄了。陳俊英其時的否認另有情人，否認掉的不僅是在兩人雙方都曾認可、存在的人格者，更是丁欣對自身判斷的自我認知，這較只是情愛上的背叛，讓丁欣更難吞下那口氣。

不過且慢，在事情還未走到那個地步，那豬撲滿裏可一直都還有錢，只不過越來越少。

被記得並已然被書寫過的是來到了那經典的時刻：

兩人歡愛完後，他有事要離去，那畫面應該是女人仍半躺在床上，應該是裸身，至少不是全然穿上衣物，也許是拉上床罩被單約略遮蓋。而男人已全身穿戴好要離去。

為了某種緣由，應是兩人之間的關係已到了圖窮匕見，無需再遮掩裝作，男人當著女人的面，拿出化妝台下的豬撲滿，取下豬頭，往裏面撈錢。

過往總有的大疊鈔票不再，男人只取得幾張零星千元紙鈔，大致瞄了一眼些微帶著可惜的自語：

「只有五千塊……」

然後以他一慣的戲謔：

「……總比沒有好。」

那時刻，就在那片刻，她並不在意，是的，並不在意。他倆都不是那種世俗上恪守端正之人，事實上，他倆一定都是那種傳統意義上離經叛道的人，他才會成為一個革命份子、而她成為他的支持者。

對於這類小節，她老實說真的不介意。她有錢、他用她的錢，五千萬或五千塊，沒什麼特別。他說時也是一慣戲謔帶著自嘲，並非真為那五千塊。

事情要到他們不在一起，他斷然的終止雙方的關係，這從豬撲滿拿走的五千塊，才成為話題。

她並非十六歲，也不是涉世未深，她中年、有一定的成就，話到了她的口中，可以成為：

「五千塊也拿。」

或者更不屑的撇撇嘴，說：

「做一次才拿走五千塊，五千塊也拿……」

故作輕描淡寫的加上：

「真是太廉價了吧！」

她在女性友人閒聊之間這樣「不經意」的說，當然可以預期這類事一定快速的傳播開來，但還是沒料到會成為相識的女人們之間的名言：

「一次才五千塊，我們都想試試。」

話傳開來，女人們都相互作個好吃到不行吸回口水姿勢：

「真的是太便宜了。」

而吃好相報，往後功成名就、陳俊英由反對黨成為執政黨的大老時，那些將他視作偶像，或者說較偶像更是偶像，因為他還是個革命者、人格者和有相當實權的政治人物時，這句「一次只要五千塊」成為多少女人們扼腕、羨慕的名言：

「真是生不逢時，沒趕上那個時代。」

是啊！那個剛解嚴，他剛被當權者從牢裏放出來的時代。他尚是不少人懼怕的「暴力」份子，沒有那麼多女人敢靠近他，更不要說成為他的情人。可是現在不同了，隨著反對陣營逐漸在地方上取得政權，並向中央的總統大位邁進，陳俊英在媒體上的表現，他的浪漫革命英雄形象，取代了過往被執政者塑造成的暴力份子。

女人們，大量的女人們何只是視他如英雄，更是當成偶像來崇拜，那種見面要求簽名已不在話下，尖叫、撲上前去要照像擁抱更常見。她們爭奪他，聖戰已到了不惜犧牲一切。

美麗當然是第一要項，年輕更是必需。那個公認的美女藝人，一整個晚上纏住他、跳貼面舞、坐在他身旁為他倒酒點菸換桌上濕巾，一刻都不肯假手他（她）人。這樣不顧禮儀的霸占、強取方式，引為社交界笑談。

放出話來的據說是她的死對頭，那個商界女強人，美貌與那美女藝人相較談不上，年齡更是有，據說一整個晚上連他的手都沒有沾到。不過接下來，那商界女強人，取得了長遠的勝利，她的金錢與人脈，成為陳俊英重要的金主。

手當然是沾到了，眾人都確定後序的發展，否則她這般為他選舉籌錢賣命，那可絕不只是五千萬。

女人們因此對丁欣懷著莫明的敵意，不曾明言的說法是：

如果不是因為時代的差異，憑妳，姿色不怎樣、那麼一點錢，哪配成為他的女人。

這是陳俊英的全盛時期。

被這樣談論時，陳俊英也只會露出他那招牌的略帶靦腆的笑，只差沒有公然明言：

「不是我的錯。」

# 3

葉莉，那被稱作的「紅粉豹」，刻意穿了一身紅顏色的衣服來參加記者會。贏得紅粉豹稱謂，除了她一向好穿粉紅色衣物外，長手長腳卻又靈敏無比，每次出手不論為權為名為利，皆所向披靡手到擒來，被認為比貓女還更勝一籌，因而是為豹，而且是隻紅粉豹。

她一直被猜測是為陳俊英的女人之一，可是八卦媒體狗仔三番五次跟蹤，都沒能拍得兩人在一起的照片。流傳的說法是葉莉因為曾是黨內多名同志的女人，陳俊英以不願作「表兄弟」為由，雖然女方百般色誘，仍能全身而退。

兩人之間被推斷一定有關係，是有一回來自南台灣的葉莉從南部回來，正好是烏魚大獲的隆冬，長手長腳的葉莉一手提著一袋腥味濃重的海鮮，大剌剌的走進陳俊英的個人辦公室。打開袋子拿出兩副巨大的白色烏魚鰾，這較豆腐還細的烏魚鰾是公烏魚的精囊，裏面儲存大量未噴射的精子，有壯陽的效果自不在話下。

據一位不明究裏一頭撞進去的助理說，葉莉還揚著另一手的一把青蒜，正在說：

「你看我連蒜白都準備好了！」

更狠毒的說法因而是：如此自己送上門，陳俊英不睡白不睡，也睡了她一次，但絕對僅止於這一次，嚐了她過人的滋味，對外還故作模稜兩可的不承認也不否認，留下百般猜疑萬千推測。

（因而得罪了她?!）

葉莉這回刻意穿了一身紅顏色的衣服來參加記者會，穿紅衣代表要復仇，要自殺身亡的女人穿一身紅衣，要藉著紅衣作為詛咒，引領著好能化身為淒厲的女鬼，一身血紅回來報復。

可她不是那個要前來復仇的苦主，控訴者是林慧淑，葉莉是以林慧淑友人身分前來參加。

可是如果穿別的顏色呢？綠色，那陳俊英所加入政黨的顏色，要訴諸綠色來引發同政黨支持者的同情。

或者，粉色系，粉紅、粉藍、粉紫、粉青、粉橘……

啊！那就是別有用心的算計了。藉著這中間柔和色調，要來降低控訴的強勢，要扮演弱質女人的被欺負，好謀取同情。

可那一天顏色還並非最重要的亮點，啊！是啊！私底下，那在八卦傳言的口中，或者要更私密一點，在女人與男人私下談話的口中，那一天看見的全是葉莉那呼之欲出、明顯可見的兩粒乳頭。

怎麼這種場合會穿成這樣呢？

先要懷疑葉莉上衣底下是不是沒穿胸罩：

可以故意不穿作為一種表態，那所謂女人的解放、自由、不肯被限定、約束……

葉莉是為島嶼婦女運動的一員，早年還參加過那場據稱史無前例驚動萬教的女人上街頭高喊「只要性高潮、不要性騷擾」的遊行。

（是有穿胸罩，以乳房的形狀、線條，是有胸罩 hold 住。）

那怎麼會有如此明顯的兩粒乳頭呼之欲出？

因為上衣太緊。

因為胸罩沒有襯裏才藏、壓不住乳頭。

（可她本來的胸部並不大，長手長腳的她雖不到飛機場的地步，以現時女性動輒 D 罩杯、E 罩杯來說，恐怕連 C 罩杯都稱不上。然小乳房上那乳頭也未免太巨大了吧！占胸部圓心中顯眼的位置，激凸的兩大粒，好似正處在興奮的狀況，已然被撩撥、被刺激起昂然挺立。）

是記者會嘢！有這麼刺激嗎？還是控訴男人的不是其實也可以是一種高潮，才會連乳頭也血脈賁張的大展，成如此碩大的兩粒。

葉莉承認她是有備而來。當她在公開場合問出這樣離譜的問題時，並非只是一時玩鬧，而另有深意。（包括她的穿著。）

隨著陳俊英往權力的核心攀爬，他甚至有一天有機會成為總統／副總統候選人，甚至成為總統／副總統，她要事先談論的是一種「自戀型領袖」的特性。

自戀型領袖

這是一種畸形甚至變態人格，它可能起源於長期的心理創傷，以至於使得他有了一種極度不安全感所造成的自戀。他相信自已很特別，認為別人總是誤會他和嫉妒他；他對個人形象的完美到了病態執迷的程度、保衛形象已成了他畢生最大的目標。

因此這種人總是醉心於成功，希望受到別人對他有明星式的崇拜。由於內在的核心有極大的不安全感，他甚至於對至親好友也顯露出相當淡定的距離。他不太會相信別人，也怕別人搶了他的光采；因此，他會貶低別人，只用親信和庸順的手下，他公開的場合表現得好像很友善，但私下則傲慢而且極為跋扈。

他那種過度的攻擊性與防衛心，當他權力愈大時會愈明顯。

在他能向上攀爬時，問題尚不致爆發；但等他到了頂峰，就沒有了隱藏的空間。

他的失敗會在他真正成功時開始。

她說：

自戀型領袖與女人的關係，女人一個換一個，換的過程中常常會好幾個女人同時在一起。這可能起源於長期的心理創傷，以至於使得他有了一種極度不安全感，需要一個又一個女人來築起自戀的城堡根基。

自戀型領袖也必得藉著權力的獲取來達成自我良好感覺，但由於不再是權力由天而來的「天」子，權力必需自己去謀求，在他朝權力的頂峰往上攀爬時，他利用這些不同的女人可以給予的好處：能力、金錢、人脈、地位、媒體曝光……可是他同時又必得否定這些從女人們得來的幫助好維持他的尊嚴。

自戀型領袖因此鄙視這些可以由他任意蹂躪（當然包括性）的女人們。女人們之於他，用後即丟。

她說她寫過男人的身體暴力，但更要發現，當結合權力的操控，自戀型領袖對女人的作賤鄙視，可以作的精神上的凌辱，與使用暴力的男人相較起來，身體暴力實在算不得什麼。

這也是為何有自我意識的女人們會如此的憤怒。

葉莉說她的問題看似簡單，但可以是一個相當政治考量的舉動。

葉莉先解釋，她必得在公開的場合問這樣的問題，因為私底下，被問的對方如果不願回答、閃爍其詞，她無法再進一步追問，便也得不到答案。

葉莉先要問的問題是：

「陳俊英是否會告知他的女人們彼此之間的存在？」

葉莉強調，這問題事關的並非只是男女之間，而是可以連帶用來檢視一個政治人物的誠信。

在場陳俊英的女人們約略遲疑，但先先後後都作了回答，居然一致的是：

「他不承認，追問之下也會否認。」

她們彼此對望，現在，終於，在這樣的公開場合，她們明確的、確實的知道陳俊英在她們彼此之間玩弄的手法。

「妳們這樣就相信他了？」葉莉問。

「自覺在戀愛中的女人，會選擇相信。」葉莉隨後立時自己回答。

現在，女人們看到，事實上她們一向明白的，陳俊英這樣的不公開承認，否認與其他女人的關係，讓每個女人自覺是少數的、甚至僅有的，他因而有無盡的可能從她們身上獲取他所要的。

（現在，她們心中盤算，陳俊英曾從她們身上取得的。）

曾經付出的不甘心在場子裏被點燃，普遍的憤怒顯現在女人們神色中。

葉莉瞄眼被激發的情緒，並不曾繼續加重討伐陳俊英，反而出乎所有人意外的接問：

「在陳俊英第一次坐牢與第二次坐牢後，妳都還與他有關係，他的性能力有差別嗎？」

葉莉問詢的對象基本上是林慧淑這類女人們。

（政治犯在坐牢之間，通常較難再與同樣的一個女人發生性關係。除非是配偶，而且當配偶不曾另有其他男人、不曾離婚。

女人才會有機會分辨男人坐牢前與坐牢後，性能力是否有所不同。

一般來說經常是不堪長期分開，從一開始入獄的悲淒萬分百般不捨，到時間過去，逐漸情鬆愛弛。或者，為著最現實的考量，生計所迫，留在外的配偶不得不另謀生路，女人尚難經濟獨立的年代，只有去依靠另個男人。

有些牢內的丈夫也願意先寫下離婚證書交給配偶，不讓她空等待守活寡。而在那普遍保守的年代，更多的女人只有留下來，等待。）

「在陳俊英第一次坐牢與第二次坐牢後，妳都還與他有關係，他的性能力有差別嗎？」葉莉問。

被葉莉詢問的林慧淑，當然已經不再是配偶，林慧淑們熬得過男人的牢獄之災，熬不過男人出來後在女人們之間有的眾多機會與選擇。

還得是問現時已不再與陳俊英在一起的女人（葉莉方有機可乘）。

林慧淑先是閃爍其詞（一如葉莉所料），在那公開場合，為了表現出已然超越了分手的情傷，更是個前衛女性，還是回答：

「第二次坐牢出來後有差。」

兩人相對互視，不知怎的一起暴笑了出來。那笑顯然來自最深藏的內裏，那樣放鬆的、果真是好笑到不行的笑使兩人一起笑了許久，笑到樂不可支、笑到身體東倒西歪，笑到兩個女人碰觸一起就差相互摟抱。

兩人齊笑出了眼淚。

然後接下來她們咬耳朵附在彼此耳畔嘴際說著悄悄話，被聽到如預期的是葉莉直直的問「什麼比較差」？林慧淑又笑了，不過這是嘴巴一撇嘴角下垂輕視戲謔的陰笑，十分不懷好意。

啊！那未被公開未被聽聞到的，當然才是眾人最想探知的祕密，如果連黨內有大情聖之稱的政治人物都有陰溝翻船的時候，那還未登上最頂峰權力的陳俊英，性能力一年較一年衰退，自然也可以預期，最重要的：

可以相信。

因此有女人（像葉莉們），就要覺得扼腕，因著她們不曾享受到最好的那部分，留待給她們已然是次級品。

果真葉莉嘆口氣明顯惋惜，小女孩沒吃到糖的表情。

可是會不會也可以對林慧淑們的說法有這樣的懷疑：

第一次因為是婚姻摯愛，男人願意盡力；第二次坐牢出來林慧淑不再是最愛，男人因而不會盡力表現、百般求好，而只是草草了事敷衍一下?!

對這些性經驗不缺的女人們，可真能分辨出是男人根本的不足，還只是不想表現？

「當然可以。」

眾女人們齊聲說。

有些女人因而真會覺得扼腕，因為她們得到的果真是次級品。

而元配在這方面至少可以自傲，像得到第一次一樣——不管是男人或女人的第一次！她們吃到較好吃的，嗯！如果像他自己說的「扣除時間」，那，還真是十分可觀呢！

「可是一開始真有這麼好嗎？」眾女人們齊問。

連這樣都開始質疑，啊！會不會是酸葡萄呢？

不是都在下面爽歪歪的淫聲浪叫、哀爸叫母、穢語連連、說自己張開欠操、還要被人騎、被大支的幹、直呼好哥哥、受不了、甚且連不要了都出口……

「那無，妳是要怎樣？」真有這麼讓妳們吃不飽，妳們還來作什麼？給別人幹算了。

如果連這個共同睡過的男人的性能力，都能夠拿出來在公開的場合討論，女人們彼此還可以開玩笑的斤斤計較哪些女人得到的爽樂比較多，那麼，像「人豬」這樣的戰爭，自然也就無需上演了。

雖說公元前兩百年的「人豬」，已然達到一種極致，陳俊英的女人們選擇用另一種方式：

笑。

（笑的可是誰？誰又是這麼好笑，可以充份扮演娛樂的角色！）

那最後得到陳俊英的，（會是誰？真有這樣一個女人？）是不是才該是最後笑得最大聲的？

她無論如何都是勝利者，如果其他的女人：林慧淑們／丁欣們／巫心怡們……願意同意。

真有這樣一個女人？才應該是笑得最大聲、笑得最得意的。

真有這樣一個女人？知道自己是經過多少奮戰方留下來的。而留下來的真有這樣一個女人？在還未離去前，只有愈來愈相信：

還是先不要笑太大聲的好。

# 第三章

# 之一

作了兩任總統的反對運動出身總統，因貪腐成為階下囚。

總統任期屆滿，再得權的國民黨政權徹查，找到前總統錢匯海外貪腐的實證後，將他拘禁。

支持者難以接受出身反對運動的總統居然如此迅速腐化，紛紛以舊國民黨政權時的嚴重貪腐為他開脫，認為他貪腐的錢相較前朝數目微不足道，只是不懂得掩藏事證、手段不佳而已。而舊國民黨則以來自中國千百年的「大內高手」傳承，貪污難以數計的錢財還能全身而退。

有人甚且將責任歸於總統夫人，那曾因一場政治車禍導致終生坐輪椅的總統夫人，方是貪污主謀。

（好保全前總統?!）

知曉難逃被收押的命運，被確實貪腐的前總統尋找各方有能力人士、風水算命解厄，企圖看到將來找到應對之法。

（我們對出身反對運動的人如此迅速腐化感到十分痛心，我們對前總統／夫人以如此粗糙的手法行事更是覺得不可思議。他們會如此不避耳目拙劣的貪污手法行事，其中的重大緣由之一，會不會因著自恃「台灣人民欠他們」，方敢於如此便宜行事？台灣人民欠他們，所以這樣作也不為過？）

不少國家在民主化的過程中，都歷經相類似過程。

亞州新近國家民主化過程中，歷屆總統幾乎少有善終，甚至可說下場淒慘，若非政變、流亡、就是遇刺身亡或牢獄之災。大都因為政商關係錯綜複雜，加上大小選舉不斷，施政者或家屬難以擺脫金錢政治陰影，民主化後的總統，往往也很難全身而退。

## 1

我們當中有些人重回顧，我們都說，早在那總統就職典禮上，我們早就該預見了往後發生的。

可是我們都不曾。

我們不僅不曾預見往後，當然更不會那麼早，早在那就職典禮上就預見了一切。我們當中有些人越過了這就職典禮，越過了超過五十年的一黨專政，無需再經歷白色恐怖下被抓被關、消失不見、槍斃處刑。這第一次由人民選舉平安達成的政黨輪替，不僅在我們自己的土地上，在整個華人世界裏都是首見。

我們全體都盛妝，穿上最好、正式的行頭，男人們西裝領帶，但因為暑天，西裝裏面的襯衫會是短袖，所以不會有要露出幾公分襯衫袖口這樣的講究。不少女人們穿上蕾絲、絲絨這類帶日本風洋裝，或者西式套裝，還有人穿了拖地的長禮服。

我們越過了這樣正式的衣裝，大白天坐在簡單（實在得說簡陋）的塑膠、鐵椅上，腳底下踩著的不是紅地毯，而是一向車水馬龍的柏油路面，老實說，相當不搭甚且有些好笑。

我們當中有些人故意的開始說起在過往，這樣重大的國家慶典，女士們必然的穿旗袍。從站在領袖身旁的總統夫人，到能上這類枱面的貴賓，女士們一定只有穿旗袍。

現在，我們故意的將重點放在旗袍的開叉上。

開叉是一門學問，旗袍下擺開叉也有時高些、有時低些。只有穿旗袍，我們才有機會看到莊重得體的「永遠的第一夫人」，露腿。

是的，露腿。我們有著這樣的印象：第一夫人開叉的旗袍為風吹起來，露出了一截膝蓋上的大腿。

（我們知道，那個年代，只有舞廳貨腰的舞女，才會穿這樣開高叉的旗袍，開叉開到近臀部，一走動可以露出整條大腿，還好旗袍下擺有所遮掩，便會若隱若現，據稱十分性感。）

我們說見過第一夫人穿露腿的旗袍。

我們立時被接下來又執政的原執政黨國民黨人挑戰不可能。

我們還被詢問：

是從何處看到的？

我們回答：

總統就職典禮。

所有的人都知道，我們的層級，不會有機會參加總統就職典禮，也不可能親自見到第一夫人，便都追問我們究竟從哪裏看到的。

我們還留有印象，第一夫人站在穿軍裝的領袖身旁，開叉的旗袍下擺，露出到膝蓋上的大腿。可是我們知道這樣說一定會被打槍，當時所有的這類照片，都透過嚴格的挑選才能刊出，除非哪個報社、刊物的編輯不要命，才有可能流出這樣的照片。

事實上我們也不十分確定，所以只有含糊的說：也可能是電視上。總有風吹起、閃過的剎那。

被嘲笑更不可能。

一九七五年領袖就過世了，有電視的時間才不到二十年。那就偏偏給我們看到這樣漏網的鏡頭。

領袖作了六任總統才過世，也就是說，我有六次機會看到第一夫人露腿的照片。

2

他開始發現，他有了大量的時間。

如何對付這些時間，成為首要的課題。就他記憶所及，到目前為止的大半輩子，除了在牢裏外，還從來不曾有這麼多的時間。

發現時間始自他從院長的職務下來，尚未規劃好下一步的政治生涯，不再有辦公室，不用上班，也就辭退了司機。

沒有了司機，他還是可以坐計程車，這樣的小錢不是負擔不起。但他很快發現，他沒有必要以計程車來趕時間，因著就算有約會，到達見面地點前，他有的是時間，可以好整以暇的慢慢出門、到達。

他開始發現這都市裏的大眾運輸工具，也樂意使用，年輕時，環保是他投身入政治的重要關鍵之一。

他過往的政見裏也一定包含接近完美的各項社會福利，那些照顧弱勢者的種種說法，必然要有的政治正確。

（基本上是作不到的，他知道所有政治人物都必得要這樣說，很多政見也僅止於說說罷了。）

所以當那個夜晚，他難得的出席了一項應酬，晚宴碰到一堆老戰友多喝了幾杯，時間遲了，他像作為一項宣言似的，堅持要用大眾運輸工具。

臨近收班的捷運車站裏，近午夜竟有一個喜憨兒以小推車推著不多的簡單花束穿行，走過身邊他先愣了一下，這深夜裏誰還放任這樣的孩子在賣花？

沒什麼思索的掏出一百塊，從小推車上拿走一枝白色玫瑰花。

看不出年齡、大概只有十幾歲的孩子，一張皺起五官向中央排擠的蒼白的臉面，沒什麼表情的眼睛翻轉眼白「白」了他一下，拉著小推車就往前行。

他大步向前，拿了另外一枝無暇分辨是什麼的花，再給孩子另一張百元大鈔。孩子接過同樣沒表情的轉身。

（像這樣的時刻，通常會有攝影機拍攝，安排過的橋段是拿了錢的孩子會有一個感謝的表情，而且最重要的一定站在原地，他則會摸摸孩子的頭、彎下腰甚且蹲下身，憐愛的問幾歲啦、辛不辛苦……如果孩子夠小，他還會將他抱起來，但一定要事先安排好孩子不愛哭、不怕生。

然後他才會站直身，向著鏡頭談他對弱勢的照顧。）

他不知他的皮夾裏還有多少張百元鈔票，他不以為那孩子會懂得找錢，幸運的又看到紅色鈔票的身影。孩子仍在眼前，拉著小推車的孩子走路的姿態十分莽撞，因評估不準確而顯得跌跌撞撞，身體各部沒組合好，大剌剌一路潑潑灑灑的向前，看來快但實質進度並不多。

將手中的紅色紙鈔給孩子，他再拿了一枝淺色的玫瑰花。孩子同樣看也不看的收下，接過來的是什麼顯然無有關係。

（是不是有攝影機在拍？沒有攝影機現在是個網路的時代，會不會有乘客認出是他，他的支持者，拿出手機，同樣有拍攝的功能，畫面會差些，但更自然。

拍了後在網路上流傳，更多人傳看。他的幕僚一直建議他加強網路，如果照著作，今天他大抵不是如此！

他「下來」的時間不長，一定有人認得他，會有人在拍吧?!）

是不是有人在拍？最後一班列車，仍人來人往的大眾交通捷運，有人看到嗎？他同這喜憨兒並非預先安排，但卻有這樣的交會。是太多的酒精作祟？有眼淚的感覺來到眼中，不是真正的淚水，不能模糊視綫也不會滴下，他患乾眼症有多長一段時間了？太多年數不清了。

（或者說，他不曾流淚有多久了？）

有眼淚來到眼中的感覺。他拿出事先就看到還有的一張紅色紙鈔，隨意的抽出一枝花枝，他注意到這是百合，而且是台灣百合，這純白清香的喇叭狀白花，在他們的「運動場」、尤其在那悲情的二二八紀念會上，時時出現。

（是不是還被選為國花，台灣國花是百合還是高山杜鵑？他出席過這個活動，不過他真不記得了。這記性！）

只全然出乎他的意料，孩子接過紙鈔，這回口齒不清但嘴型明顯的是在說謝謝。

他剎時的愣怔，是那喜憨兒朝中央集聚歪曲的臉，使一句謝謝，簡單的兩個同音字，都深陷集聚的臉中，才拓展如此緩慢，有片時方打開來成為可見的張開嘴型。

低下頭朝皮夾一陣翻找，他又找到另一張百元鈔票，拿出來時孩子已會意，再次的又說了謝謝。紛亂的捷運總站，他以為他聽到孩子的聲音，因深陷曲聚的臉面，傳出來較一般語速得多許多倍的時間，緩慢的聲音與嘴型，有了辛苦但持久的表情。

缺陷中最大的完美，真正的感人。

匆忙拿了一枝花，這回是他轉身離開。

（他不曾也不會留意，那三枝台灣百合每枝各有十幾朵花苞，其中一枝居然高達十五個花苞。那種花的人是不察、還是捨不得？方留下如許多花苞在同枝花枝上！摘去過多的花苞確保花能開得盛大，摘除的過程雖令人下不了手，但，留下所有的花苞意味著花朵開不好的必然結果。

他看到了在被剪離母株土地，養在花瓶水裏的十五個花苞的台灣百合如何開放嗎？還是，這帶回家的花甚且不記得被放在花瓶水裏，覺察後早枯萎成殘枝敗葉?!）

那夜裏，他決定無論如何，一定要參與到下屆的總統大選，不管是抬轎或者坐轎；是總統或 King's Maker。

# 之二

女作家書寫：

那陳俊英的身體上有一個又一個的抽屜，她們女人都來此打開抽屜。

通關密語是抽屜上的按鈕。女人於陳俊英的身體上這裏按按那裏按按，有人按到接近心的位置，有人按到接近腦的位置，有人按到眼睛、舌唇、肚臍、耳後……有人直接朝陽具按下去……

按到的抽屜打開了，她們找自己的抽屜。

得要按到對的位置。

女人們打開一個抽屜，不妥，再試一個，終試按到了對的開關開了對的抽屜，她們存身入內，每個人就固守那個抽屜。在那裏面她們布置、裝飾自己的所有，並藉著與男人們這部分的體液交流，繁殖。

雖然機會不多，有的時候在眾多的抽屜裏，女人能從一個抽屜遊走到另一個，看看每個抽屜（部分）存在的男人：

啊！這個抽屜這麼自我、那個這麼害怕無安全感、那另個又如此專斷強橫……

（事實上她們不都早已知道?!）

女作家會對著到底是林慧淑們／丁欣們／巫心怡們／王麗美們／葉莉們……以及還要到來的吳曼麗們／李婕們／曾敏敏們……說：

「妳太聰明了，不僅按對了大部分的開關、打開了一個又一個抽屜，還在裏面走來走去，不只走來走去還說三道四提出批評。

妳自以為看清了所有的內裏，便連一個抽屜都容不下妳。」

# 1

李婕一直是懂得按對開關按鈕的那一個。

大學時代就被讚許多才多藝，能寫歌詞的創作歌手，甚至有明星的封號。當然不是什麼大明星，就是參與過一兩部新銳導演的片子演出，但賣座不佳，也不獲好評，但因此被歸入是有想法的藝人。至於其他的商演，只是二、三流小角色。

在她成為陳俊英公開的情人後，也就中止了她的演藝生涯。陳俊英還被政治圈同志們笑稱，只有他有這個能耐，連明星都吃得到。

（這玩笑話其實帶有貶意，反對運動出身的人士對演藝圈的女性總以為波大無腦、拜金，更不用說什麼有理念、社會正義。）

不過陳俊英不以為意，以為是旁人嫉妒，放出話來：

「不以為然？要不，也去追個明星來看看。」

果真，在野陣營到其時還沒有人有明星女人。

李婕的年齡和所處的世代，的確是從仰慕者作起，認識陳俊英時，他已然坐滿十幾年的牢後出獄多年，在黨內取得相當的地位。

李婕不會有機會看到陳俊英年輕是為政治犯貧困落魄求助無門為一般社會大眾像傳染病嫌棄不敢近身的時期。像所有窮困出身最後成功的人，少再與舊時相識的人往來一樣，李婕沒有機會話當年，說些陳俊英穿開襠褲的事蹟。啊！不！她沒有看到這樣的陳俊英，便等同於替陳俊英保留了他想要忘卻的過往、他現在想要塑造的新形象。

他們之間的確是「全新的開始」。

相差的年歲、不同的世代，她的確開始是以崇拜的眼神抬頭仰望他，聽他講牢裏的苦難，如何歷練自己，像「壓不扁的玫瑰花」，不！他不是玫瑰花，玫瑰花太嬌弱。是壓不扁、踩不死的蟑螂？太難聽了！是不怕落地爛的番薯?!

番薯不怕落地爛

代代相傳枝葉拓

（即便已經是解嚴後近二十年，這類牢裏的故事仍被一再訴說，並成為女人們傾心仰慕的最佳利器。）

他是那承受台灣人四百年苦難的英雄，多少的憐惜與痛疼，只有用女子清白柔軟的胸懷，撫平那半夜裏仍為惡夢驚醒的驚嚇……

女人枕邊細語能贏得的，不見得只是靠大膽挑逗的戰績。

（她一定也知道她藉此按對了按鈕，便儘量維持這樣的態勢。）

然苦難的英雄事蹟不多時即會說盡，以她的年輕無辜，李婕沒被設防的跟在陳俊英身旁，聽來的儘是他從政後的黨內派系諜對諜、人事傾軋，與對手國民黨的「割喉割到斷」的攻防。

她更有機會聽來這樣的部署，他們稱為的「喬」事情：

為了南台灣的一場市長選舉，那一向與民進黨友好的著名無黨籍律師，挾著高人氣要投入選戰，與民進黨推出的人選必然相互廝殺，如此一來絕無勝算。最好的辦法是民進黨不推自己的候選人，形成一個在野聯盟，共同推舉高人氣的律師，便有勝算的機會。

可是民進黨自有一套初選機制，黨內也有人堅持不退讓。這事情怎樣都「喬」不出兩全其美的結果。

「這有什麼難。」陳俊英獻策：「那我去加入黨內初選，得到最高票應該不困難。」

李婕安靜仔細聆聽。

「我初選過了，再自己放棄，民進黨不就沒推舉候選人？律師便能以無黨籍身分吸納各方選票，有贏的機會。」

「多好的辦法。」李婕以仰慕的眼光，只差點要口出 My hero：「那好啊！你就去加入黨內初選嘛，不就解決了所有的問題。」

「只不過我這麼作，會被當作白痴。」陳俊英笑著說。

李婕看著一夥人點頭，雖不能明白究裏，但也不再問詢。她一向知道，不當面挑釁陳俊英的權威，在外面一定要替他作足面子。至於裡子？床上再說。

床上李婕果真試著拿她初學者學來的謀略試著分析：

陳俊英投入初選，萬一不過，不是一世英名毀於一旦？要東山再起談何容易！就算初選過了拿得第一，擠下想要參選的黨內同志，這樑子結下來，以後他要競逐大位，總統初選誰還要挺他?!

「這樣損己的事，所以作了人家會當你白痴？」李婕問。

陳俊英稱許的看著她：

「真是名師出高徒。」

「可是，」畢竟仍年輕的李婕，不安中加道：「你們不是一天到晚說為了理想，要打倒國民黨。那麼就該挺身而出，顧全大局做有益人民的事，不能只管自身的得失？」

剎時間陳俊英臉面漲得通紅，那夜裏轉過身去不再碰她。

李婕不會不知道，陳俊英半夜裏為惡夢驚醒的驚嚇，來自的已非他坐牢承受的苦難。

聰明的她也跟著學習到各式謀略，便有了這樣一段廣為流傳的場面。

那李婕最著名的戰役、也使她一戰成名的是，陳俊英在沒有足夠的人頭黨員，也缺乏過半派系奧援的狀況下，眼看著他「最後一役」一定得參與的總統大選，連黨內初選都過不了關時，面臨了這樣的抉擇：

是先退讓，留在黨內爭取下次機會，支持最有機會出線的候選人。連帶著如果黨推的候選人選上，行政院長這樣的實權大位，便可出手一搏。

還是，還是：

退黨。

離開一路相伴的民進黨，尋求兩黨以外第三勢力的支持。

退黨參與總統大選。

與親信和助理，不斷的沙盤推演，開了無數次這樣的祕密會議。

絕大多數的親信和助理，以作政治合理的盤算，支持留在黨內，進可攻退可守爭取下次機會。少數不願表態的人因為看出來陳俊英高張的自我意識與英雄主義，不惜背水一戰——還相信三方角力，會像二千年因為有三個人出來競逐總統，票源分散，結果有機會勝出。

有這麼一回李婕也被要求發表意見。她現在是陳俊英身邊極少數取得公開露面的女人之一。能參與這樣的祕密會議，除了需要有女人在場侍奉茶水、張羅宵夜（這可不能假手辦公室打掃的歐巴桑），也代表她地位的確定。

被問詢到了，李婕為表示在意與尊重，站起身，沒任何遲疑的明說她的看法。

這關鍵的談話因為如此具爭議，事後被轉述，先是在作政治的派系、黨員之間，然後到了女人們之間——陳俊英的女人之間，成為了鬥爭最好的材料。

這關鍵的談話因為如此不凡，競相轉述，場景於一再轉述的過程中一定有所增、遺，有一部分或會被誇大，有一部分或會被扭曲加減，一再轉述或者成為：

那時期雖扮老看起來仍有著陳俊英所愛純情模樣的李婕，在她姣好皮膚幼嫩的臉面上、張著一雙清清白白的大眼睛，以著柔軟但堅定的語音，簡簡短短的這樣說：

「陳俊英應退黨直接參選總統。」

在場沒什麼人特別在意，她李婕再是陳俊英得寵的女人，女人家又不曾真正作過政治，讓她發表一下意見，只是個程序也給陳俊英面子。

只有個一向善說好話的助理，逢迎的接問：

「妳的理由是什麼？」

仍站著的李婕清清楚楚的說：

「陳總統會贏。」

沒人認真聽進這句話。李婕也不在意繼續說道：

「你們剛才講的、分析的一切都對，可是忽略了一件事情，卻是最重要的。」

方有人略抬了眼看她。

「你們講的不是別人，是陳俊英。而陳俊英，台灣人是會願意跟著他走的。」

然後重複接道：

「因為他是陳俊英，台灣人民會跟著他走的，台灣人民會選擇退黨和陳俊英站在一起。」

空氣這才剎時間嚴肅的凝重，親信、助理個個抬頭望向她，有的直覺的點頭、搖頭，緩緩的呼口氣，將視線移開，口中的煙噴向空中。

他們跟著陳俊英多年，都知道接下來再說無益。

這場關鍵的談話因為如此不凡，在作政治的派系、黨員之間競相轉述，場景於一再轉述的過程中一定有所增、遺，一再轉述的一定還有：

當「台灣人民會選擇退黨和陳俊英站在一起」這樣的話被說出來時，輝閃在陳俊英臉上的榮耀與光輝，有助理事後轉述：

「恐怕比選上總統還更爽。」

啊！他陳俊英沒有足夠的人頭黨員，也缺乏過半派系奧援。

（大夥心知肚明他如果將跑夜店與女人們的家的時間用來勤跑基層，與派系博感情，不會落到這樣的下場。）

但沒有關係，像他這種「博國旗」的人，哪在意這些。

他有的是人民。

「台灣人民會選擇退黨和陳俊英站在一起。」

有個親信事後幹聲連連，故意學女人捏著嗓子拔高聲音說：

「因為你是陳俊英，台灣人民會跟著你？幹！什麼陳俊英，選那種票，人家六百萬票起跳，你六萬票不到。也敢說台灣人民，什麼台灣人民會選擇退黨和陳俊英站在一起，幹！台灣人民眼睛才沒有被蛤仔肉糊到。」

執政的民進黨敗選，結束八年的執政，開啟了島嶼第二回政黨輪替。國民黨的人氣天王以超高票贏得大選，民進黨候選人的票加上陳俊英拿的不到六萬票，仍相差一段距離。原有些人憂慮陳俊英會扮演少數的關鍵票、刮分掉民進黨票源，使黨推的候選人敗選，並不曾成真。

就民進黨的支持者來看，值得慶幸：

「陳俊英至少沒有成為民族罪人。」

對陳俊英只拿到如此少的票數，連選情專家都不忍苛責，認為是非戰之罪。他們都高估了自己，不只是陳俊英，還有其他的同志們，他們退出了政黨，以為可以成立那所謂的第三勢力，只是，從來沒有人成功過。

意識形態全然不同的兩黨，拚選戰到最激烈之處，全國動員投票率史上新高近八成，完全沒有第三黨（無黨）的空間。

台灣確定了兩黨政治的規模。

而從得票率交叉比對，「台灣人民會選擇退黨和陳俊英站在一起」並不曾像以為的會發生，陳俊英沒拿到民進黨的票，那不到的六萬票大部分應該是來自中間選民被稱作賭爛票。

台灣人民果真欠他。

（數目，陳俊英一向知道的數目。）

## 2

王麗美能夠在適當的時候講一些俏皮話，令人玩樂的笑話，那種會心一笑的笑鬧、挖苦的多半是自己。

可這回說的明明白白的意有所指。

王麗美說，像我們這樣大選敗下陣來，輸給對方那麼多，真的是「輸到脫褲」，等於整個江山都拱手讓人，在古代的時候，是要成為兵馬俑的。

大夥會意後，全哄堂大笑了起來。

「是呀，得被製成兵馬俑，埋葬在殉葬坑裏。」

有人開心地笑著接說。

對那一再被轉述的「因為他是陳俊英，台灣人民會跟著他，台灣人民會選擇退黨和陳俊英站在一起」，王麗美之前便曾笑笑說：

「唉呀！這種話，也說得出口，騙狷咃，誰人不會脱褲放屁，臭死所有人，放屁的人還以為是香的，放完了，事不關己。」

以王麗美的歷練，她實際接觸到的社會真實面，她看到不善經營、只靠過往抗爭英雄資歷、藉媒體營造聲勢的陳俊英，在兩黨實權政治的操作下只有愈來愈邊緣化。

那裏來的台灣人民退黨，退民進黨？退國民黨？一真正的進入選戰，必然只有激化對立，兩個陣營的人更加緊固守，即便不滿，含淚投票投的也是自己的政黨。

可她也立時知道在這一著棋上自己是敗下陣來。李婕如此懂得投陳俊英所好，王麗美心裏也不得不服輸。

王麗美尤其深切記得，在她初對陳俊英有愛的悸動時，參與了一九九六年台灣歷史性的第一次總統大選的辯論會，為著的也想到在會場上能看到他。

王麗美看到的是兩個人，雖然是一前一後，但顯然是同時到達的走了進來。兩人臉上紅撲撲的，明顯的春意怎樣遮都遮掩不掉。

也不能說兩個人臉紅紅地走進來，就斷定他們剛做了什麼事、有什麼關係。

啊！可是在一個對陳俊英有著愛的悸動的女人眼中，看那兩人的神色，一定是有關係的。

更不用講臉紅成那樣。

他們到來時，整個總統辯論即將開始，絕大部分的人都已就座。這是中華民國歷史上，第一次有反對黨能推出總統候選人參選的辯論，中外媒體，尤其是電子媒體排開的大陣仗，開放提問的專家學者、媒體、一般的百姓都已就坐。現場兩方陣營被允許不多的人參與，在不大的禮堂裏，有秩序擁擠的莊重著。

王麗美因為在等他，不斷的往入口處瞧，才會先發現他們，否則，所有的人都在等待辯論開始，不會特別注意到門口處。而他們一前一後的進場，不曾引起什麼騷動，那顯然是想作為大牌最後到場壓軸的盛大入場——Make a Big Entrance，因為耽擱，時間點來說到得太遲，並不如預期。

（耽擱的是因為那做愛欲罷不出，花的時間較預期的長久？當陽具正在進出操插的其時片刻，連要製造歷史性盛大入場的時機，都無法與之相比擬！）

許多年後，王麗美想到這個片刻，更能夠體會，當年陳俊英對「總統候選人不是我」的心情。

他一直以為，他對黨外運動、反對黨的犧牲奮鬥，應是為這第一屆的總統候選人，代表反對陣營出征。相較於枱面上兩黨辯論的總統候選人都已經高齡七十大幾，他一直以為，那代表在野黨的候選人尤其有著不便的身體，難體面的成為領袖。

結果不是他。他只有在另個戰場，在那女人的床笫之間，贏回了另外一場戰役。與他一起進場的，不僅是個女人，還是個媒體人，是不是在那時候，陳俊英在盛大入場 Make a Big Entrance 時，就意味著，即便在政治的實質權力中，他不在現場中心，但於紀錄上留下來的，那自古所謂的文章千秋之事上，他有著更關鍵的發言權。

透過他的陽具能深入穿刺、抽操進出的女記者身上，他的千秋之「筆」於是有所託。

多年後王麗美更了解到，為什麼他一定要趕來那場合，他知道以他的地位，辯論結束後，他一定會被記者圍著評論，那時候，在某些意義上，他高過，他的高度高過那總統候選人。

從女記者翻雲覆雨的床上，陳俊英趕著來到現場，正襟危坐著聽台上的辯論，多半是一些好聽的空話，永遠達不到的福利政策、環境保護；充滿願景但不可能執行的經濟成長、兩岸政策……他必然會回味那只不過是片刻之前床上翻雲覆雨，女人胴體在他下面被不斷進出、陽具抽操下他全然的掌控與勝利。

王麗美一向深知他的勝利模式，那種精神上的勝利，並非只是粗淺的「兒子打老子」所以不去計較的勝利。陳俊英自持他即便不在權力的核心，然他有更重大的歷史地位。他是寫歷史的人，他要人們呼喊這樣的「偉人」，崇敬、膜拜，就算不是來自人民，至少是女人。

而後者，他是有把握的。

所以當李婕說出「因為他是陳俊英，台灣人民會跟著他」，便立時知曉自己在這一著棋上已然敗下陣來。

然重要的是，她更知道不要在對手正強勢時攖其鋭鋒正面交戰，王麗美表面上盡心輔選，但已不像過往自己大量挹注金錢，只找商界友人金援。

「贏了沒賞、輸了要賠」，真選上了，正宮娘娘也不會是她，她何苦幫人作嫁，等著看笑話罷了。

這是一場不是她的選舉，她輸在起跑點上，只有看如何善後。

然整個選舉過程，總有一些時刻，在情緒高張的自己陣營，會以為「贏面不小」、「頗有贏面」，王麗美生怕真選上了，正宮娘娘不是她，連嬪妃也輪不到，藉著輔選，王麗美著意讓人看到她與陳俊英的關係。

她一向懂得用她的人脈關係來穩固她的地位，多年來她在財經界經營的關係加上與陳俊英在一起後的政治權力，如魚幫水水幫魚，讓她能介入原無法打入的政商圈子，而也因此替陳俊英募款順利。

王麗美喜歡與她那群喝紅酒、住世界真正頂級旅館的朋友們往來之間講幾句英文，不能太高深，否則陳俊英會聽不懂。將家中布置成西方的格調，來凸顯她具有國際視野、品味。她知道，這對於受的教育不高、心中實在是相當自卑的陳俊英，還真的管用。她塑造自己是那陳俊英企圖達到的階級、生活方式，儘管這個革命英雄一直號稱「以人民的利益為最大的福祉」。

王麗美成功的打敗了其他的一些女人，她懂得的名牌、使用的物品、她的生活方式，一定要有一些洋味，這可以是另種具異國情調的挑動——特別是在床上。

（她當然懂得絕口不提她有過的洋人情人，台灣男人，即便像陳俊英這樣自認他現有的性能力得減掉坐牢十八年歲月，一直停留在三十幾歲。陳俊英對洋男人，不僅是對黑男人，連白種男人據說一定更大的陽具，都不願正視：尤其這大陽具還不斷操插進出他女人的陰戶，留下不可磨滅的尺寸印記。）

# 3

選後王麗美便曾對李婕放出這樣的話：

「就算妳贏得他的人，但也毀了他的政治前途。」

然李婕不為所動。

她看到陳俊英並不曾因敗選而失意，他並非外面的人以為的那麼誇大虛浮，他有他的盤算，他知道自己不會贏，但他想扮演那關鍵的少數，只要選舉過程他的聲勢營造得起來，便有他的空間與影響力，他更可以藉著退出選戰換取所想要的位置。

只選舉期間他的聲勢一直不曾拉抬得起來，一開始，那些原就很少、要同他「站在一起」的同黨人士，皆退回民進黨陣營。但選後得票數如此少，連他都出乎意料。

而即便是王麗美也深知，更不用講李婕，她們都知道，以陳俊英在實質政治挫敗中愈來愈將自己神格化的表現，退出他所屬的政黨來表現自己的超乎常人，是有一天終會必用的手段、必走的一條路。

他的前辦公室主任不是一直這樣說，他的政治前途除了他自己，誰也毀不了。就算這一次他沒有因為要選總統這件事退黨，以他的性格，還會有下一回、為不同的事件。

陳俊英不是一直還這樣以為：

台灣人欠他。

台灣人理該退黨和他站在一起來還他。

（所有的人都欠他。）

她一直留在他身邊，總是會有抱怨，但多年後，李婕仍懷帶恩情的這樣說：

總統大選後，有一天深夜，傾盆大雨中她開車送他回家，那個時候他自然已經沒有了車和司機。喝了很多酒的陳俊英，下了車後，還特別繞道她開車的這一旁邊，跟她說：

「妳另外去找別的人，才能夠有所發揮，才有舞台。不要跟著我這個老流浪漢總是出去在流浪。」

李婕還一再強調著訴說，是怎樣下著滂沱大雨，陳俊英淋得一身濕透，站在雨中跟她這樣說。

作為留在他身邊最久的女人，雖然也短暫的分開，他們之間，李婕也自有一長段歷練。

李婕最念念不忘的是，那個也為他生下孩子，自稱「地下夫人」的王麗美打來電話要找他，問她是誰，女人先是略停頓一下，然後顯然有意嘲諷，故意誇張的說：

「我是他的助理。」

還特別加重「助理」兩個字。

李婕知道是誰，但也故意問：

「妳是那一個助理？」

對方還不曾回答。

李婕說：

「我是他的辦公室主任，怎麼不知道有妳這一號助理。」

對方掛了電話。

行事精準強悍的商場女強人，自此輸在李婕的陰柔功上，王麗美不想與她的任何接觸最後轉為李婕枕邊細語的是非。她知道陳俊英無論如何離不開了李婕，他需要她「因為他是陳俊英，台灣人民會跟著他走」這類好聽的話，即便不是事實。

（有什麼好聽的話會是事實?!但先說先贏，這還不只是「你好偉大」、「你是民族救星」、「人格者」這類浮泛的讚美，而是深入心坎的吹捧，尤其當聯結了建國大業、人民將來這類大歷史。）

在過往，他長期坐牢極端困頓中必得靠的——他的革命事業、英雄事蹟、偉大人格……來面對最不堪的苦難；現在，他在實質權力攀爬過程中的不順遂，更需要她能說得如此深入心坎的好聽的話，來避免面對不堪的現實。

那好聽的話一如抽上癮的鴉片，他永遠必得回去，再吸一口，一開始也許知道不能如此，但真上了癮，缺此不行，哪還顧到什麼好不好、行不行。

連在商界現實中肉搏的王麗美，都公開讚賞李婕：

「能把話講得如此好聽，甘拜下風。」

她知道自己終將離去，只待放下心中最艱難的不甘心：

她在他身上投入的金錢與時間。

現在，李婕與陳俊英相偕出現，雖然還未曾有那必需的婚姻關係，她至少進入了能公開露面的「那一個」行列。未曾生育的她打敗了其他帶著陳俊英孩子的女人，證實了「孩子不是男女關係中必然的保證」。

她們，當然包括所有的林慧淑們／丁欣們／巫心怡們／王麗美們／葉莉們／李婕們……即將要來的吳曼麗們／曾敏敏們……還有其他「們」，都有可能會面臨這樣的抉擇：

孩子，要不要生下來。

陳俊英對此完全放任不加以理會，既不鼓勵生下來，也不要求拿掉。

（他知道這樣作最少的責任與風險?!一定比往後有女人們出來開記者會，信誓旦旦的指控他強要她們墮胎來得好。

墮胎？那可是殺生呢！這有礙良善觀瞻。）

女人們全然自己作主。

（也知道得全然自己照顧。）

她們義無反顧的都去生了下來，至少一個（為了與所愛的人有愛的結晶），還有人生了兩個（是特別勇敢還是自認比較有靠?!）

而陳俊英歷經的種種選舉過程中，便偶會聽到選舉總幹事代表去談判，最後付了五、六百萬擺平。

（對方有的是個兒子，所以價碼高些？）

所有見過這兒子的都說：

「與陳俊英這麼像，如假包換，偷生都生不出來。」

然大多數的女人們都獨自默默帶著孩子。

（可拿到奶粉錢?!）

不過，走經了這一連串的選舉、爭奪位置後，李婕知道繼續要努力的仍必得是孩子，並立意要儘快懷有孩子。她現在有了組織家庭的才能，需要的是家庭的成員，孩子畢竟是家庭的保障，而她很慶幸她現在不必像過往那些女人們，得掙扎在生／不生之間徘徊，作生死抉擇。

現在，李婕不再走在陳俊英一兩步稍後，她和他平行的走在一起。可是陳俊英仍隨手將旁人送上來的東西，不管是文件、物品順手就交給身旁的她。

李婕本能的從他手中接過，可是下一次她明白的告訴他：

「我不是你的助理。」

是的，李婕知道要能維持現有的優勢，除了得加緊腳步有一個孩子外，她還需要有更確定的「自己的」權位。永遠只能是陳俊英的女人不能帶來保障，她自「台灣人會跟隨陳俊英」一役名聲大噪後，陳俊英身旁的人看出了她的潛力，她也認真部署自己的從政之路。

現在，李婕的野心不大，她也願意從基層作起，要選的只是議員。她懂得沒有跟隨陳俊英的台灣人多少會覺得虧欠，有陳俊英在背後操盤，還她一個小小的議員足足有餘，也不致干擾到派系之間的布局，不會對她有太大的杯葛。

而且她知道，陳俊英不會阻止她，在過去，陳俊英不讓他的女人們出來選舉，為著不希望阻礙了旁人的利益，想要作老大的人意圖自己人不在位能有更大的協調空間與能力。現在證實不可行後，陳俊英不會反對她為他穩住一些局面。

何況她要的不大，李婕知曉慎小而為之，她也懂得怎樣方能走到於今的局面。她平行的和他走在一起，就在他身邊。可是現在她如不作助理的工作，誰來接手這些送上來的東西？

（會又是個更年輕的「李婕」？）

她倒是永遠在替他打包行李，過去現在到將來（？）包括他得勢與失勢時。

這貼身工作大概很難叫助理作。男助理打包老闆內衣褲？台灣沒有這樣的制度，男僕？也不常見，就算有，太統治階級、太不親民、太不與人民站在一起了吧！

由女助理打包？因此知道老闆穿BVD、平口褲、三角褲？顏色呢？不會是綠色的吧！從深綠、淺綠、中綠到帶綠色小點、綠色細紋，只要穿上綠色就好？表裏如一的政黨顏色——綠，一片綠油油，的綠。

更扯的是，萬一老闆的內褲上得印滿小熊維尼、Hello Kitty，而且是粉紅色的呢（那個女人送的，非穿不可）！或者，前面一條龍、後面一隻鳳（風水算命大師的耳提面命）？明說是要選總統、將來要作總統的人呢！

她便永遠在替他打包，在他有位置時，出國的時間不會太長，打包不難，但他永遠在忙，跟著人博感情，他的支持者、擁護者、粉絲，他一向的最愛，與他們說他的理念抱負，批評時政……

可以晚上八點的飛機，下午五點才回到住處，當然不可能有時間要他自己打包。在他失勢時，出國的時間能長到半年，最短也會有幾星期一個月，這麼長的時間，什麼東西該帶、什麼到國外再買，她也不會放心交給他打包。

（比如要不要帶電鍋，實在太佔位置了，但又缺它不得。）

最怕的是，一切都弄好了，一個兩個三個四個行李，就放在那，要出門趕飛機，他來巡視一番，翻箱大叫，什麼什麼怎沒替他帶。

有一回，李婕基本上是咬牙切齒的說：

「我告訴你，書、資料、自己帶。」

她們，陳俊英第二次坐牢出來後在一起的女人們，不論是丁欣們／巫心怡們／王麗美們／葉莉們／李婕們……即將要來的吳曼麗們／曾敏敏們……還有其他「們」，開始與陳俊英在一起時都還年輕，年輕時都可能是細緻清秀的美女，走的不是豔麗的路線，跟了陳俊英後必得故意稍作老裝扮，比如頭髮挽起來穿套裝，好不至於走在一起被問：

「你女兒啊？」

一段時間後不管曾生育／未生育，作為女人中年態勢也有了，這才又回復她該有的年歲打扮。

但便好似她們除了初識得他、還未在一起時極短暫的展露出她們年方二十出頭年輕清麗的容顏，之後，她們整個一段青春歲月全都不見，從年輕以來，一直都是以中年女人面貌示人。

她們，當然包括所有的林慧淑們／丁欣們／巫心怡們／王麗美們／葉莉們／李婕們……以及還要繼續到來的吳曼麗們／曾敏敏們……當然，也包括所有的陳俊英們，都聽過這個故事：

蛇郎君

亞熱帶島嶼百分之七十的山地，不乏多座三千公尺以上高峰，原住民神話與蛇相關。

摯愛女兒的父親，在回家的路上採摘高大圍牆內探出來的香花要作為給女兒的禮物。

花園、香花屬蛇郎君，父親獲罪，只有三女兒願意出嫁代父受過。

沒料到三女兒婚後享受富裕生活，後悔當時不曾作對選擇的妒嫉的大女兒推三女兒下井，自己裝扮取代。

三女兒變小鳥（吱吱喳喳要告知蛇郎君）。

大女兒殺死小鳥。

小鳥變竹子。

大女兒砍下做椅子（坐上去跌個四腳朝天，蛇郎君坐上去安然舒適）。

大女兒燒椅子。

灰燼中出現一只紅龜粿，隔壁阿婆撿回家藏在棉被裏。

變成一女子。

真相大白，蛇郎君將大女兒溺死在水缸裏。

她說這故事最吸引她的是一開始只為幾枝香花，但最讓她害怕的，不是殺來殺去，而是只為幾枝香花，可以引來如此巨大的災難。

（蛇郎君是那香花？或者那香花是他所變？男人真只是香花?!）

而女作家驚訝中發現：來到了現在，包括所有的林慧淑們／丁欣們／巫心怡們／

王麗美們／李婕們／葉莉們……以及即將要到來的吳曼麗們／曾敏敏們／……們……

居然並非所有的女人們都一起參與爭鬥，她們有的明爭暗鬥、有的退居一旁，有的乾脆離去。如此令人出乎意料的相安無事，各有各自的生活。

但過程中……

是不是也都變小鳥們、竹子們、椅子們、紅龜粿們……

# 行過死蔭的山谷

那美好的仗我已經打過了，當跑的路我已經跑盡了，所行的道我已經守住了。從此以後，有公義的冠冕為我存留，就是按著公義審判的主到了那日要賜給我的；不但賜給我，也賜給凡愛慕祂顯現的人。

耶穌講：「我是復活，是活命；相信我的人雖然死，依然會活。所有現在活著來信我的人永遠不死，你信了沒有？」

你欲將活命的路指示我。站在你的面前有滿足的歡喜；站在你的右手有永遠的快樂。

終到了有人老死。

（不再是被槍決、殺害、被囚禁病死牢裏……）

過世的是黨內公認的一位真正的人格者。

他一直以為，成功不必在我，既不曾坐上位子，也就無所謂過氣不過氣。成功不必在我，這句話在祭拜的靈堂前，尤其成為至理名言。成功不必在我，所以無所爭、無所求，方有如許多的各方人士前來祭拜。

來祭拜的，許多都是與他同世代的人，人老了，即便是感懷至深，希圖大哭一場，也流不出來太多的眼淚，便只成為乾嚎。如要默默的流淚，也只會淚溼紅了的眼眶。

在他過世後的追悼會上，他們必然提到過往，也至少會有機會被認真的傾聽。與他同時期在海外打拚的革命同志，悲愴的提起，他們兩家緊鄰而居，他的太太曾抱怨，都不買洗衣機，有了孩子後要洗大量的尿布，冬天實在受不了。

同志轉述，他這樣回答：

「洗衣機那麼大的東西，將來要回台灣，怎麼搬得回去呢？」

他們一直以為，也許不是真的相信，他們很快可以回台灣。可是，終於踏上歸鄉的路程，已經是三十二年後。

所幸他仍有機會回到摯愛的島嶼，度過生命中最後的二十餘年，高壽八十才過世。而且有機會看到他支持的反對黨執政，再因總統貪腐失去政權。

二二八大屠殺後，一九四七年台灣人年在上海成立「台灣再解放聯盟」，宣示台灣要再一次解放。之後向聯合國提出台灣託管請願書，表達台灣人獨立的願望，希望透過聯合國託管，舉行公民投票，決定獨立與否。

一九五六年更於日本成立台灣共和國臨時政府。

一九五〇年之後，新一批的台灣留學生到日本，成立「台灣青年社」、「創刊台灣青年」。同樣的留美學生在美國各校園組織台灣同（鄉）學會，展開獨立運動。

一九七〇年各地台灣獨立運動人士增加，為了相互支援，成立日本、美國、歐洲、加拿大、台灣、南美本部。

一九七〇年一月一日，世界各地台灣獨立組織，串聯組成「世界台灣獨立聯盟」，一月三日，發表「台灣人民自救宣言」的彭明敏安全脫出台灣，逃往瑞典，大大激勵了海外台灣獨立運動者的士氣。

寒流來襲，不僅島嶼那最高的玉山頂上飄雪，連海拔三千公尺的群山也下了雪，平地八度的低溫，他被認定天氣驟變，心血管疾病引發的心肌梗塞。

那幾天裏他一直告訴辦公室的人員，不知怎的恍惚的竟有著旅行的感覺。

在自己的家國旅行？

這在過去，這簡直像異端思想一樣的不可被原諒。可是於今，他懷念的回想那住過三十幾年的北國，而似鄉愁的感情，他一點也不想隱，只心中幽微的傷感。

在生命的最後階段，白天還有辦公室可去，晚上應酬喝酒也是基本的生活方式，可是總有回家後獨處的時間。那種稀迷，就不是外人看得到的了。

有一次有兩個多禮拜，他身體出現狀況，斷絕了與外面所有的連繫，大家都找不到他，躲避起來自己度過那兩個禮拜。

他們都知道自己有這樣面對困境的勇氣與能力：長時期在牢中、黑名單時期三十幾年不能返鄉，都訓練了這樣面對困境的能力。

女作家也深自懂得這樣的能力。

來了這麼多人，好似該來的都來了，有誰沒有來到呢?成為祭典完成後的話題。

「陳俊英今天沒有來。」

「為什麼呢？」

「他不在台灣。」

有人出聲，是替他辯稱還是要陷他於不義，暗示他到那裏與「匪」串通去了。

那陣子陳俊英首開先例提出要走訪中國，為堅貞主張台獨的人士所不恥。他的脫黨參選總統，而且得票數如此難看，已成黨內的笑話，於今他為了扳回一城重獲政治舞台，竟然要投「匪」，雖然被島內不同政治主張傾向最終與中國統一的政黨讚賞，但為他過往的同志嘲笑，齊稱他會「滾綠滾紅滾到黑」。

「陳俊英應該來靈前叩頭道歉。」

「他不會來的。」

「是不敢來。」

「他來不來有什麼關係呢？這種豎仔，來了還玷污靈堂呢！」有人終結了這話題。

他們在吃飯的餐桌上多排了一個酒杯、一副碗筷，酒杯裏斟滿了酒，每個人都敬那酒杯，大夥輪流把那杯酒喝掉，再斟上新的酒。

因為他們都抽菸，只有坐到外面來，交通繁忙的十字路口，緊臨那都市裏兩條主要幹道，週末的晚餐過後時間，大量的車潮穿梭，時刻不停。巨大的車聲，尤其是大卡車呼嘯拂過，連地面都微微震動。還建有陸橋，他們基本上是等同坐在人們通行的樓梯旁。

而那個來自巴黎的、據稱有著一慣優雅的生活方式的女人，還有這個如同雅痞、講究氣氛情調的作家，他們都坐在那十字路口，在吵雜、空氣一陣陣煙塵中，周圍著那沒人拿起來喝的酒杯，一杯又一杯的敬酒。

女作家會想起來，他果真從沒有給過負面的指責，永遠只是行得通的建議。她記得她曾經問過他：

「看現在的世界局勢，台灣獨立看來是不可能的了。」

他專注的回答：

「會獨立的。」

他語氣中不曾特別的堅持強調，反倒有種平常的說服力，在那個時刻裏女作家相信，「會獨立的」這句話既應酬也不是敷衍，而是他真的相信。

那台灣獨立的信仰是不是達成，似乎並不是那麼重要，他曾為這信仰作的努力，那美好的仗已經打過，才是這信仰的力量。他相信，可是做得到做不到，在那個老年的時刻裏，她知道對他來說已經不是絕對的重要。他相信台灣會獨立，真心的相信，就像相信他受洗的耶穌基督一樣。

信仰。台灣獨立與耶穌基督，同樣的成為一種信仰。那麼，還有什麼是不可能的呢？

這美好的仗我已經打過。在那追思會上，擁擠的人潮中，她終於了解到這句話的真正意義。

## 之三

陳俊英一直有這樣的一句至理名言，並引以為他重大的傲事之一：「坐牢期間，因為都沒有用到，所以我的能力，要以實際年齡扣掉坐牢的時間來算，比如說今年五十歲，扣掉坐牢二十年，能力等於三十歲時。」

（他說的當然是性能力。）

陳俊英也一向不相信什麼戰場失利、情場得意，他要女人的憐愛，只要故作不經意的提起他作政治犯的黑牢事蹟。他當然深切知道，蓄發他能力的，不是「戰場失利」，凡戰場失利的政治人物，在現代占不到便宜，然他在牢裏的受苦、承受的苦難，這樣的失利，是永不會真正敗北的戰績，永遠的利器。

啊！是的，何況還有那「以實際年齡扣掉坐牢時間」的……性能力。

他一直深切記得，那種想要忘卻都無從忘掉的記得，在他有了位置後，參訪旅程中許多機場的一處過境室，有一次因航班接聯，轉機得等待好幾個小時，旅行社也安排了過境旅館，但大白天，實在很難在房間裏睡覺。便閒待在過境室。

等待中，他碰到那大約四、五歲或五、六歲的小女孩。

（他對孩子的年齡實在所知不多。）

是個膚色稍黑的小女孩，有著那樣大、圓而黑的眼睛，濃長且翻翹的睫毛。美麗美好到真是個顏色較深的天使。

他手中有一袋櫻桃，（他應該是在回程中，善解人意的接待人員怕長途飛行過於乾燥，為著準備一袋櫻桃在機上吃。）

他從來少有與孩子往來的經驗，不知如何開口搭訕，只直覺的想到給那小女孩櫻桃。

孩子自在的、毫不畏懼的接過，大圓而黑的眼睛看著他，將櫻桃放入嘴裏，還給他一個帶笑的滿意神情。小女孩吃去果肉後，伸出一雙肥腴有酒窩的小手到唇際，接過吐出來的櫻桃籽，接下來，竟然是要將吐出來的籽交還給他。

他全然沒想到小女孩會有這樣的舉動，一兩秒鐘的遲疑，還是伸出手。

孩子將籽放入他的手掌。

那在孩子嘴裡含過的櫻桃籽如此的暖熱，高而暖的溫度在手掌心帶來異樣的新奇與刺激。

（那櫻桃籽怎麼會是熱的呢？而且如此明顯的可以知覺到溫度的熱。）

沒錯，那樣暖熱和潮濕，下個剎那才感到應該多半是小女孩口水的濕並非櫻桃的汁，那口水和汁的濕有不同的稠度與重量。

（啊！那孩子可是將櫻桃放在嘴裡一段時間嘛！）

他想起來了，孩子接過櫻桃放入口中，他還擔心孩子太小不會將籽吐出，會噎著，著實擔心了有一下。（所以孩子是將櫻桃含在嘴裏一小段時間沒錯）。然後孩子將籽吐出來，並如此順勢順理成章的交放到他手掌心。

他受到蠱惑般的一顆顆遞過櫻桃，小女孩一顆顆的接過，放入她因較深膚色而特別顯嬌嫩的粉紅色唇內，放在嘴裏、吃去果肉，再將吐出來的櫻桃籽交還到他手中。

他一次又一次的在手掌心承受小女孩嘴裡含過的櫻桃籽的暖熱，一顆又一顆的櫻桃籽俱都是一次又一次異樣的新奇觸碰與刺激。高而暖的溫度凝集（手心有這麼熱嗎？）那櫻桃籽糾結著少許未吃盡的果肉、餘汁，血紅色的攤在手心，像動物的組織，活脫脫的要變化重整長大（發燙的手心催化著）。

是持久伸出手臂的姿勢，才微微抖顫，顫震刺激匯聚在手掌心，由此導遊……

（那樣的濕、與、熱。）

小女孩連吃了十來顆，直到一旁年輕秀緻的母親以微笑拒絕。

（這樣的濕熱。含在嘴裡一段時間的櫻桃籽可以有這樣高溫的濕熱？）

陳俊英喜歡用他一慣的、人們稱道的浪漫語氣，說一些「小事」，那種政治人物不會談及的事，說給在座的記者們聽。

有一回，他不知怎的開始說起在那麼許多參訪旅程中轉機機場的一處過境室，有一次因航班接聯，得等待好幾個小時，旅行社也安排了過境旅館，但大白天，實在很難在房間裏睡覺，便閒待在過境室。

他訴說、回想，原還能自覺十分有見地的這樣形容那轉機機場：

他所有關於這機場的印象，永遠是無止無盡的商店，以至於那機場外觀，或機場長得怎樣，全然不知道，也居然不曾想要看看、追究。沒錯，的確是一個轉機機場，卻好似在一條長長的商店街，一長條集中的購物大道上，轉機。

「好像飛機也是在這條無止無盡的商店大街起降一樣。」

他說了這樣十足可以讓記者引用的話。卻突來的一陣震顫，語句一字一句的片斷起來。

然後他說，在那轉機機場，因短暫停留，也許此生此後不會再重臨的過境旅館，床褥淋浴一應俱全。然機場內的過境旅館房間畢竟小，好似一切都真的只為短暫的停留。短暫的目的既然如此明確，不知怎的有著十足簡單的休閒賓館的氛圍，好似在此無邊無盡的突發春情，可以有爆發的愛慾而全然被允許。

只因著是旅行，只因著是一種一切合法的逸出常軌。

陳俊英掙扎了一下，也就只有剎那，他只提及那大圓眼膚色略黑的小女孩，沒說到熱熱潮濕的櫻桃籽在手掌心。

那暖熱潮濕的櫻桃籽。

觸著手心奇異的刺激。

（這樣的濕熱。含在嘴裡一段時間的櫻桃籽可以有這樣高溫的濕熱？

之後他心中笑著自己附加：

真是沒有想像力，說的仍然只是濕、與、熱。）

他曾真正經歷到那樣的濕、與、熱。

可絕對不是每個女人有這樣大而凸出的陰蒂，尤其是只消稍被刺激，便如此激凸的衝出外圍重重的大小陰唇，展露無疑。

那女人三十多歲，外表長相平凡，臉面甚至可以說有點抱歉。但高，脫下衣服後一雙大奶從胸罩中彈蹦而出，倒是十足意外，接下所見圓身長腿，豐乳肥臀其他部位真正是瘦不露骨。肩膀不寬通體勻稱。

品相絕佳。

她是一個媒體人，吳曼麗，主持廣播節目小有名氣。那陣子陳俊英身邊周圍都是媒體圈裏的女人，女記者、女主播、女主任……說是因為採訪「供需之間」經常見面日久生情，還是，像陳俊英這樣只有虛銜無實權的政治人物，需要這些媒體朋友，增加曝光率、才能有影響力，就雙方各有說詞了。

廣播節目不用露面，吳曼麗外表平凡無損收聽率，但在包圍著陳俊英的大小媒體的女人中脫穎而出，靠的就不是媒體背景的重要性，而是手段了。

她很積極的進攻，在其他女人都還迷信愛情，以為像陳俊英這種情場浪子，容易得手的女人不會珍惜，只有靠愛情才能留住他的心時，吳曼麗趁陳俊英還不曾多作思索，已經有機會露出她有自知的強項：胴體。

三十多歲的吳曼麗長在不曾參與八〇年代學生運動，更不用講更久遠前的婦女平權追求。她來自一般家庭，成長的過程沒什麼需要特別去爭取，穩穩的讀書工作。她聰明、知道自己的特長、身體，而且享受她為人稱道的別名：

「櫻桃小丸子」。

果真，只消陳俊英手指下到大小陰唇聚合點處稍一探索，立時有那陰蒂展露，而且，就在手感搓壓捏觸下，瞬即肥腴壯大，足夠指尖拿起。

這手中大小（還在硬大）陰蒂平生僅有，興起想親眼目睹，好眼見為憑。他作愛一向愛有亮光，女人也不反對，他於是探頭下體：

嘩！大勝紅豆，接近：

櫻桃

不能自禁的唇舌併上，包含覆舐吸吮。

怎有這樣高溫的濕熱？濕、與、熱，在嘴裏口腔，從那口含圓體濕溜溜的熱四下併射。

一顆嬌嫩的粉紅色「櫻桃」——他知道許多男人同樣愛用櫻桃這樣的稱呼：

櫻桃

含在口唇裏，那櫻桃明顯的在唇舌間以至於他發出的語句含糊，然他仍然愛這樣重覆的說：

我的櫻桃……給我吃櫻桃……我愛吃櫻桃……

因著他很快知道當他口含著那被撩撥起少見的大且激凸出的陰蒂時，如再試圖說話發聲，便得動用到的嘴型唇舌甚且牙齒咬，碰撞之間會是更全面深層的刺激。

啊！這嬌滴滴、滴滴嬌不能用牙齒咬只能以口唇含著包覆以舌尖輕挑的「櫻桃」，仍可以給予一些壓擠，而什麼比得上要發聲說話得從喉嚨聲帶嘴唇舌甚且牙齒齊動才能產生的更輕柔的碰撞！

那女體便會在下面以那櫻桃作支點，整個胴體蛇般的扭動，櫻桃上抬迎承、左支右閃只為擊點不同，只有下落暫為避走才真正是她口中呼叫的：

受不了！啊！受不了！真的受不了！人家真的受不了！

他一向喜歡女人們以口唇替他口交，吸、啃、囓、咬所有口唇用得上的——口交，陳俊英一定要。一開始的挑逗，女人吸吮過他的乳頭，她們女人都知道的男人的性敏感區。他即會以他手按壓住女人的頭：往下，女人們也都會知道這個訊息。即便第一次不曾會意，他強力加大手往下按的壓力，女人被強制下壓到他要的區位，再不解的女人都會張開嘴。

他喜歡女人們以口唇替他口交。但女人們替他口交，他則鮮少（幾乎不曾）為女人口交——套用他的話語。

可是吳曼麗，那如此大而凸出的陰蒂，讓他欲罷不能。幾次後他甚且只有埋首其中吸足那陰蒂／櫻桃後，才能堅硬得起來。

他也在吳曼麗的胴體上，真正是第一次經歷到被足夠刺激的陰蒂／櫻桃能帶來女體怎樣強烈的回應。

欲死欲仙。

陳俊英當然看過女人各式的高潮：真的假的，多少是裝作的，他不反對。他對於能把女人「弄」得這樣，有足夠的自信，基本上出自於這至理名言，並引以為他重大的傲事之一：

「坐牢期間，因為都沒有用到，所以我的能力，要以實際年齡扣掉坐牢的時間來算，比如說我今年五十歲，扣掉坐牢的十八年，我的能力等於三十二歲時。」

然他畢竟不會永遠都是二十幾歲時，尤其是他要一直明顯的感到那慾望仍然存在，只消碰觸到過往引起愉悅的點、部位，完整的樂趣便全然呈現。然而，他必然要知道，已經不行的是器官，他作為享樂工具的性器官將有機會不再能用，他無從對它們發號施令。

現在，從牢裏出來多年，他當然知道自己不是永遠的五十歲／二十幾歲，仍困難於接受居然必得淪落到為女人口交——用他的話語，陽具方能「我將再起」。

所幸只有對吳曼麗。

（其他的女人，仍得她們用盡各種方式讓他勃起，好吃乾抹淨不讓他留到彼此心知肚明的下個女人身上。）

陳俊英在玩弄吳曼麗之際，以他一再求新的方式，發展出不僅將那櫻桃含在口唇裏，挑弄，還能出聲發話（不像他在浴室裏極盡咒罵之能事），儘管在唇舌之間發出的語句含糊，他仍愛這樣重複的說：

我的櫻桃……給我吃櫻桃……我愛吃櫻桃……

第一次使用那電動牙刷，一開始兩個人都還漫不經心，女體更是一副以逸待勞的態勢，兵來將擋水來土掩的大大張開要被激起。

那電動牙刷呼呼的一轉動，陳俊英知道她的能耐，也不曾在周邊四處稍作布局，拿著刷頭駕輕就熟的就直擊櫻桃要害。只消一下子，機械恆久永不止歇的震動想必強勁到無可比擬，兩人都沒料到如此快速，全然不備中，吳曼麗整個身體暴跳起來，閃開那電動刷頭，整個下體陰戶就撞上陳俊英低下來對著的臉面，蒙上他的眼睛口鼻嘴唇，真個軟玉溫（香倒未必）的撞滿懷。

女人口中並發出一聲慘烈無比的哼——然後是叫……響徹雲霄。

陳俊英見此，總是見多識廣，哪容那櫻桃逃離，手中拿的電動牙刷畢竟較手裏提著陽具更是便給，快速的伸手就再去襲擊那櫻桃。

又是一次出乎意料，女人胴體這回不僅未曾逃躲，反倒腰桿上抬揚起陰戶，暴露櫻桃來就，好個食髓知味的要再求取。

無需口唇牙齒齊動費力耗時，不容易持久，那電動刷頭立時再中要害，持續嗡嗡嘶嘶叫響。女人這回胴體也不再彈起，只有口中再出淫叫，自己還一路隨著刷頭或即或離，忽起忽落不斷淫聲牽拖著吟唱。

只消女體帶著櫻桃要逃，陳俊英的刷頭則更如影相隨的著力，女人真的不勝不支，哀爸叫母的求饒：受不了、不要了、不敢了、救命、饒了我、拜託……

越是叫饒，陳俊英越是不肯罷手，先是驚奇有趣，但接下來女人明顯如此的高潮迭起，與他做愛從未曾擁有過的一波又一波的高潮泛濫到來，陳俊英發覺自己居然心生妒意，並暗自發笑——對一支電動牙刷的刷頭妒恨？

手卻是怎樣也不肯稍停。

不知怎的，最後女人連佛菩薩、阿彌陀佛都叫了出來。

而淫水泛濫激噴，真正是陳俊英眼目親見（他一向愛開亮燈）的射出，隨著惡戲的要看女人在他的手下求饒，他稍止住片刻旋即又在癱軟四肢洞開的櫻桃上下手，女人叫聲有若遍地哀鴻生命交關，大半個小時下來，潮吹真的沾濕了她身下的床單。

而他連陽具都未曾插入。

事實上整個過程中，他的陽具連全然勃起都未曾。

事後女人也笑弄他，看他垂著一條已經漲大，但未能向上翹起的陽具，明顯的吊在那裏晃來晃去，有多好笑就有多好笑。

「終於明白什麼叫做吊兒郎當。」女人大笑著加註。

陳俊英悵然若有所失，他生平第一次目睹女人做愛中如此急切的反應，但心知肚明，不是因為他。

不是因著他的陽具。

自這件事後，他知道他們必然的會分手，不是立刻，女人也會意兩人之後也還繼續如此的戲耍，同樣的激烈。然後，陳俊英很突然的避不見面。

他知道這是他能打敗那電動牙刷的刷頭最好的方式，也許不是唯一，但的確是最好的方式。尤其他知道女人明顯的從一開始身體的激情，在轉向對他情感上的依賴深情。

而一個櫻桃小丸子不只作床上的櫻桃小丸子，她還要愛他，和所有女人一樣的盤查他的行蹤、對他的其他女人醋意橫生，這都不是他要的。

他先前還留下來一陣子是因著他要打敗那電動牙刷的刷頭，他在性上從來還不曾如此挫敗過，他更懼怕的至今而後，這將是他必得面對的常態，他不必然要持續面對那電動牙刷的刷頭，他更不堪要面對的是：

他自己下面的那一根。

陽具。

（或者稱為濫鳥……）

陳俊英不管是留下來和他的驟然離去，都為著要吳曼麗更愛他。

他知道這是他打敗那電動牙刷的刷頭最好的方法。

吳曼麗也許一時不曾察覺陳俊英的深意，也陷入情傷的苦痛之中，但櫻桃小丸子畢竟不是別的女人，她稍一衡量，知道自己是陳俊英得罪得起的。

是的，陳俊英得罪得起她。她只是一個弱勢媒體的廣播節目主持人，不是一個電視台的女主任、大報的女記者，陳俊英不怕得罪她。尤其在他遊走於兩岸、不同的政黨之間，他仍然有一定的聲望，也許不足以在權力領域發聲，但一般的影響力仍在，並非她一個小主持人能敵。

她再苦苦糾纏下去，只會使自己不堪，最後連那原先可以用那電動牙刷的刷頭嘲弄他的優勢都不再。作為櫻桃小丸子，她還要保持她對他「知之甚詳」，三不五時在採訪他時，夾在一堆對他極盡諂媚的女媒體人中，對他會心的一笑

——包準讓他那夜裏在女人的床上冷汗直流。

陳俊英很快的又有新的女人，像許多年紀大的男人，他也不例外。叫曾敏敏的「小女友」相較起來也沒有那麼小，至少大學畢業，較法定年齡當然大。

對這，陳俊英絕對的小心。他知道要女人（們）對他不是問題，但未成年的女孩足以毀掉他所有的一切。

他知道自己無論如何不會為任何女人作犧牲。

可曾敏敏並不曾維繫太久，年輕的小女友在媒體界剛起步，仗恃著兩人初在一起的甜蜜階段，撒嬌的要求陳俊英向任職的媒體總編輯說項，讓她跑重要的府會路線。據說曾敏敏還提出，如此她有更多的時間自然的與他在一起，而且為他取得更大的新聞版面。

「姊妹」裏一向與曾敏敏結盟的王麗美，知曉她的作法後，十分坦白的笑著對她

說：

「小妹子，妳弄錯了，他陳俊英哪裏會需要妳去為他取得更大的新聞版面！即便是真的，也不能明說。他們男人要的，不就是那張面皮。」

果真如王麗美所料，陳俊英開始冷落曾敏敏。

曾敏敏許多年後還是忿恨不平的解釋，原來先是任職的媒體女總編輯說，妳好歹也是個好記者，何以淪落到去給人家當小三。

她才告訴陳俊英，去跟女總編輯解釋一下他們為的是台灣民主理想，並非謀求個人利益要跑府會路線。

曾敏敏更詛咒發誓，她並不曾說要讓陳俊英有更大的新聞版面。

（究竟誰說了要讓陳俊英取得更大的新聞版面？搞不好王麗美？還是那陳俊英總是若有似無請喝咖啡談國家大事的女總編輯？

許多年後曾敏敏一直還是不得其解。）

總之，結論是陳俊英不肯關說。在那個階段裏，陳俊英是無需向任何人解釋、說情的。他唯我獨尊最大，他是那獨一無二的英雄，他高高在上的位置沒有人可以取代，他所為的理想，所有的人都應該理解、贊成、鼓勵，更重要的，要無條件地喝采。

怎麼還需要他去跟一個媒體女總編輯說情，即便是為了他的女人。

（為了他的女人更不行?!）

他倒還不時會想起那櫻桃小丸子，尤其當他得要去撥弄女人的陰蒂時。這是她們的敏感帶，他當然知道，可是多半時候，他選擇不作這個動作，反正他的女人們不僅需要能激發起他的性慾，還得先弄好自己——不管是真的假的，陳俊英已越來越少在意。

他忙著應對的是自己。

（他是不是也要像以前嘲笑的有些政圈人士，練「吊陰功」？

那參與政治的，不論什麼黨派，有一段時間裏，不少男人吃好逗相報的在學習這吊陰功。

簡要的說就是在陽物上吊重物，好增強性耐力，當然要從輕的量開始再逐步增加，到了大師一級，據說可以吊個一、二十斤不在話下。

啊！那陽物何以必得承受如此重擔？它的能力不都是在能迅疾衝刺出擊，而不在負重。增添重量的陽物，可是要它既能迅即膨脹堅毅，又能久久不射，用現今的話語來說，耐操啦！

吊在陽物根部，那重量可是會將整個兩顆一根齊往下墜，還是，大師們是一根上揚翹起，根部的重物其實是要將血流，或者更重要的，氣，灌到那一根，好令它三不五時一聲令下，便能

——我即再起。）

他是不是也要像以前嘲笑的有些政圈人士，練吊陰功？

只不管他往後喝下多少女人們為他燉的補品，他就再不曾經歷過女人有這樣大而凸出的陰蒂，尤其是只消稍被刺激，便如此激凸的衝出外圍重重的大小陰唇，展露無疑。

「櫻桃」。

「櫻桃小丸子」。

陳俊英喜歡用他一慣的、人們稱道的浪漫語氣，說一些「小事」，那種政治人物不會談及的事，說給在座的記者們聽。

他說那小女孩和她口中吐出的櫻桃籽，那樣的濕……熱……不曾說的是，他起身要回到過境旅館。

（竟還抓著那袋櫻桃！）

那轉機機場宣稱有幾萬件物品在機場內販售，並以此標榜廣為宣傳。一長條永遠走不完的長道上，兩旁還不時分出整齊的十字交叉道路。行經之處便四處只有商店，稍略不同但又難以仔細分辨的商店，尤其像他這種不常逛街購物的人。

他走得匆忙，急著要趕回過境旅館自己的房間，愈發感到兩旁集聚毫無空隙的，都是商店，只有商店除此無它。而販售的何只是幾萬件的物品，幾千幾萬滿坑滿谷的各式各樣物件，如此相似以致有片刻他覺得自己迷了路。

焦躁的要能立時回到自己的房間，循著清楚的機場指標，他知道自己明明走在對的路上，可是何以如此的緩慢，好似那看來雷同難以區分的商店種種物件匯聚成為一條逆流，而他得奮力泅泳逆向而上，才會如此困難的怎樣都走不完。

（不是才走過一家賣領帶的店面，怎麼這裏又有一家？不是過了這家賣手工藝品的，下一個橫路那有家咖啡館，怎麼走到路口，又是一家賣手工藝品？）

看不到邊界不知終點盡處。

（真走對了？要不要折回、改道？另外找路？）

方刻意感到之前來自寒冷而簡單的回教國家機場，回教不能有具相的圖像，一切簡單至好似連呼吸都可以被抽離似的。尤其在黑夜中起飛，到抵這想必是二十四小時人工照明燈火通亮的轉機機場商店街，愈發顯得不可思議，迷航似的難以到抵。

那有一長段時間不曾再出現的恐慌，這般確切的又回來。

被從牢裏接出來，這一次，歷經了在牢裏英雄式的絕食抗爭、國際人權團體救援工作長年的關懷與注目，他的名聲已非前幾次坐牢可相比。

父母早逝，僅有的一個姊姊來接他，開車來到首善之都最高級的新興地段，直接下到地下室，私人小型電梯，頂樓門打開，不願曝光的支持者作了一個十分誇耀的舉動，讓他住進一家五星旅館的大套房。

依習慣從牢裏出來，不能直接回家，怕把晦氣帶回到家裏，一輩子跟隨，衰運會一再重複的回來。必然要有一個「過火」的儀式，小火爐裏旺旺的炭正紅，他被扶著跨過小火爐，才發現舉步遲疑，沒準備好似的（也可說是這回已有了雍雍的大氣，不必猴急）。不像過往兩次簡直是衝鋒的快步衝過，義無反顧的要向前，什麼都不留下。

跨起腳竟還微微的顫抖。

（最後一次了吧！）

跨過火的瞬間，在眾人（包括那個支持者）平安、無災無事的祝詞下，他突然垮掉的抱著頭蹲下來。

明顯的痛苦壓縮了他有一百七十幾公分削瘦的身軀。

「給我一個小房間就好。」

在那套房敝大的空間裏，他哀求的說：

「這麼大的空間讓我很害怕。」

怎麼找到的他沒有了完整的記憶，好似一個轉角，又好似在那無止無盡的商店之中不知漫尋了多久，他看到那過境旅館的藍色指標。

終於回到房間，他衝到洗手間站在馬桶前，扯開褲子掏出陽具，先奔灑出的尿未如預期的多。接下來，可一寸一寸都似在抖動著，一長條、蜿蜒著、一寸一寸、抖動。

那小女孩含在嘴裡一段時間的櫻桃籽可以有這樣高溫的濕熱，手掌心觸熱異樣的奇特刺感仍在，沾染的櫻桃果肉、餘汁，血紅色一手，握住的陽具濡濕的也紅了。

出血般，卻只是淡淡的粉紅色。

那手掌心仍在的感覺中櫻桃籽肉可真是足以萌發，生物的組織，濃稠活脫脫的要變化、重整、長大……

這麼樣的哆嗦，整個人一波又一震的震顫動搖，啊！多久未曾有過的。

然他畢竟不會永遠都是二十幾歲時，尤其是他要一直明顯的感到那慾望仍然存在，只消碰觸到過往引起愉悅的點、部位，完整的樂趣全然呈現。然而，他必然要知道，已經不行的是器官，他作為享樂工具的性器官不再能用，他無從對它們發號施令。

這方是悲哀的所在。

牢中難友有人手藝極巧，放風或外役時，隨手撿來一截無傷大雅的木頭，即能刻出各式物件，微妙微肖，他刻的一個近尺男像，尤其是眾人最愛。

近尺的男人形樣，挺著一個和他身形一樣高、因此粗大到不成比例的陽具，那陽具與男人的身形，幾乎一樣大小。

陽具明顯的是以真人，一個有粗、壯、大陽具的成年男人，而且是在最昂然勃起的狀態的真實陽具為型樣來雕成。整支陽具從陰莖根部到龜頭，足足有近尺長，也成了這整個男人的身長。

（在人人都有一根，什麼都缺就是陽具不缺的牢裏，當然會意想雕個女人陰戶——還能實用的更好。可是，沒有人笑弄這根與整個男人身高一樣長不成比例的陽具，拿在手中把玩，大多人一臉悻悻然。）

問。

這個木雕男人／陽具後來輾轉傳到哪裏去了，或者根本被清除掉了，沒有人追問。

「也許有人偷偷藏起來，每天拜它。」有人這樣說。

眾人一副賊賊的神色。

可誰要那物！牢裏什麼都沒有，有最多的就是那一根，最不缺的也就是那一根！

（最缺的也就是那一根?!）

# 河邊的祭典

政黨輪替，在野的民進黨執政八年後，原執政五十年的國民黨又重拿回政權，作了兩任總統的民進黨總統因貪腐成為階下囚。

被多年囚禁後，前總統出現各種疾病、身心狀況，被評估為繼續被關在牢裏可能有失去生命的危險。「我們的總統被關死了」可以造成多大的族群、社會對立與抗爭，重續始自二二八以降的仇恨。可是，贏回政權的國民黨總統無意特赦。

兩任總統任期將屆，國民黨總統被丟鞋抗議無能，施政不張，經濟倒退，民怨四起。

觀察家以為，往後政黨輪替會成為常態，而台灣的民主也會逐步上軌道。

民進黨再度成為在野黨。儘管已經解嚴二十幾年後，那一年的二二八，再度成為一個重要的圖騰，回復供人朝拜。

酷寒未消，春意遲來，眼看著三月春天即至，仍霏霏冬雨不斷，台北市近淡水河舊市區，那曾經在此屠殺、屍體色染河流的地區，狹窄的街道因雨車流擁擠穿行。

陳俊英與前助理參加完二二八紀念會，十字路口走到路心，就要來到對街，突然，連陳俊英都明顯感到身後的一陣強烈撞擊，無與倫比的陰寒臨身，前助理慌忙拉住他，跳上一部正駛來的計程車。

陳俊英恍惚回到過往，以為又是為躲避情治人員的跟蹤。

多年前反對運動陣營經由選舉第一次取得大權，陳俊英身居考試院長／監察院長等要職，參與主持是年二二八紀念會祭典，整個活動期間其時的助理緊緊跟在他身後，真的是亦步亦趨，一步都不離開。

典禮完成，陳俊英方問：「今天我背後是不是有什麼？」

那助理只肅然搖搖頭，不曾多說。

可這回在計程車上，連陳俊英也明顯感到現時已是前助理的驚悚。

「上次我們在淡水河邊主持二二八的紀念會，你不是說沒看到什麼了？」

「上回我看伊們離你尚有一段距離，才沒出聲。沒料到伊這回要上你的速度這麼快，所以才趕緊跳上計程車。」

前助理是那種會「看到」的，他簡要形容當天簡直是「一大群」。

陳俊英片刻後方說：

「你也可能眼睛一花，或者就是一些『人』啊！你怎麼知道真是『看』到什麼。」

「有『人』大白天裏坐在車頂上。」

「還有呢？」

「看到的時候，『人』不是很清晰，旁邊暈出來，像水墨畫滲透出來。或者像映在玻璃上，不立體但模模糊糊的有淺淺的沉舊色彩……」

陳俊英聽著一陣陰寒臨身。那助理接續又道：

「大都斷肢殘骸、頭不見的、胸口一個窟窿的、有的用手上提著的頭直勾勾看著我、有的不知為什麼那麼瘦，瘦到像紙人，有的又高到看不到全身……」

雖然車子已離開事發之地，穿行在車水馬龍的首善之都老市區，霎然間好似背後襲來一陣陰風，陳俊英連打了幾個冷顫。仍臉上表情僵住連回應都不敢，有若一點頭一首肯，那二二八不甘仍滯留的怨靈們即重臨重回。

「他們上回不都不曾來附，這回為什麼又來呢？」

「民進黨作滿了兩任總統，我們終於覺得，那些怨靈應該是較少遺憾了。」前助理回道。

陳俊英不曾接話。

「雖然得經過五十幾年，但照一般的説法，他們的犧牲沒有白費，得有這一連串的犧牲才有台灣今天的民主與自由，他們應會能安心離去才是……」

「可是你意思是伊們現在還在？」

那助理點點頭：

「我痛心的是，面臨的是前總統貪腐下獄……怨靈們會更覺得遺憾不甘心，就更無從離去吧！」

「你是説伊們的犧牲換得的……」

「這麼多因政治事件屈死的怨靈，並非作奸犯法之輩，絕大多數該都是心志高尚，他們大概也不敢強求一定每個都要找到一個安身之處。但累了，現在更是無處可去，總要有所在停一下吧！」

兩人一時不語。

（在那當年事發屠殺、棄屍的河邊，五十年後，得是怎樣的寃屈與不甘，方使他（她）們仍滯留?!

還不只是無處可去呢！那樣極致深刻的哀傷，無所歸屬。

他（她）們想上身，只為暫時的駐留，為著有所求，曾經希望民進黨能替他們達成？還是，五十年後，寃屈與不甘仍在，轉為的已然是無止無盡的飄泊，他（她）們甚且不再寄望藉由上人身能作什麼？

什麼是人間無從平反的？什麼是終究過不了的？在這生生世世一生又一世神奧的輪轉之中，什麼又是永生永世的飄泊！）

「被認為暴徒的人們，足踝被貫穿鐵線，三五人一組被拋進海中。有時，十數人一組，用鐵線貫穿手掌，有的已氣絕，有的半氣絕，統統綑成一團，拋入水中。不數日，無數的無名屍像海綿似的吸飽海水，浮上水面，漂到岸邊來。

「屠殺方法殘酷無倫，（一）如基隆車隊用鐵絲穿過人民足踝，每三人或五人為一組，捆縛一起，單人則裝入麻袋，拋入海中。（二）高雄軍隊對集會中千餘民眾用機關槍掃射，全部死亡。台北別動隊使用機槍及坦坦彈殺害平民。（四）基隆軍隊割去學生二十人之耳鼻及生殖器，然後用刺刀戳死。（五）台北將所捕平民四、五十名由三層樓上推下，跌成肉餅，未死去者再補以刺刀。（六）高雄將人釘在樹上，聽其活活餓死。……（十）嘉義、台南一帶人民因聞坦白從寬免究之廣播後，向當局自首竟被槍決。（十一）軍隊以清鄉為名，向民家搜查，將財物取去，復殺人滅口。」

# 第四章

# 消失的國度

貪腐的總統沒能交保，在牢裏進行長時間的官司訴訟，被囚禁五年後，身體精神上的疾病，使得更多同情的聲音湧現，要求人道性的交保。然執政者仍執意將他繼續囚禁。

隨著時間過去，重新思索、看待二千年跨時代的第一次政黨輪替，在曾執政八年的民進黨內部，不同的聲音出現，有了這樣的說法：

「如果當時執政者是美麗島抗爭世代的人，而不是為美麗島辯護的律師世代，相信會更好。」

有人則更正：

「至少不會更差。」

晚近對陳俊英也屬於的美麗島世代的重新認同與肯定，也明確「世代交替」進行、即將要他們訴諸過去，但陳俊英和也屬於的美麗島世代因而被認為：不像律師世代，有較開闊的視野。

## 1

他適應了他有的大量時間。

他一向有的是時間，早些年長時坐牢，什麼都沒有，有的就是時間。可是出來後這十幾年，他可真的是什麼都有，沒有的就是時間。

現在，他又有了大量的時間，陳俊英甚至以為，就他記憶所及，到目前為止的這輩子，還從來不曾有這麼多的時間。

利用最後僅存的關係，他又來到了當年自牢裏出來第一次被允許出國，到來的北美洲大學，同樣作為訪問學者，只時間相隔了三十幾年，而且這一次時間極短，只有幾個星期。

他們一直作的「國外研究」。

政治人物從某一個職位下來，通常是出了什麼重大事件必需要負責：颱風豪雨滅村大災害／運油船汙染海岸生態大浩劫／都市夜店起火數十人喪生等等等。會安排一段時間國外作研究，沉潛下來半年一年，等人們淡忘後圖東山再起。

那是被認為還有機會「我將再起」，才會有這樣的安排。

那回選舉未如預期，立法委員還大敗，為了表示承擔政治上的責任，他從黨的要職位置上下來。那時候他絕稱不上「過氣」，下來也被預期是短暫的離開——休息為走更長遠的路。

一如過往常見的慣例，陳俊英被支持者安排來到北美洲的大學城，在一所大學作研究，期間得對在地的台灣社團作幾場演講，與校內外的政治學者專家往來。

他因而有了難得的清閒，這一段不介入圈內是非，也知道是有止盡的不多時即得離開，在景致明麗的西岸，一如度假。果真再回政圈，他一再表明將來要再回來這無憂的校園，一方面也顯示他的不眷戀權位。

只總統大選完真下了台一段時間，基本上不會再有這類安排，但他仍明說想再回去那當年住了大半載的校園。透過關係——畢竟仍然有的，最重要的，他要的並非擁有高薪的酬庸位置。

他在一個雨天獨自來到那北美洲的大學城，只有幾星期的時間，他也就不曾「攜家帶眷」的前往。仍有人笑稱：

「不知道要攜哪個家帶哪個眷。」

（最有能力爭取的李婕現在如願的成為議員，熱中於她的選民服務，陳俊英很高興李婕所說「替他看家」的安排，至少不用凡事得帶著她。雖然她現在更小心翼翼的走在他身後一步。）

他執意隻身前往，為了真想遠離過往相關的一切，他渴望有自己單獨的時間，這些年來，他身旁一直有太多的人、事，當然包括那爭著要與他同行的女人們。

面海的濱海小城，卻相當乾燥，四處仍可見多砂礫的小山丘，上面困難的長有植物，的確是有植物，棕櫚之類的樹少有大的樹蔭，很難添加太多綠意，便成為荒清的褐色禿山。

到來的時候難得的竟下著雨！說是下雨，也與他故鄉的傾盆大雨不一樣，只見茫茫的一薄層水氣，是能夠沾滿擋風玻璃，開車的同鄉隔小段時間才需要啟動一次雨刷，灰濛濛的景致，雨刷過處也就清晰起來。

那城市便也是如此間隔、階段性的熟悉起來。

他在這城市裏停留一段時間，也許是當時還不算老，那些並不是那麼容易記住的地名，西班牙語？原住民話？都還留在腦子裏，如今看到路牌，居然還能夠讀出來。

如果是最近，不要說記起來，讀得出來都有困難。

當地的台灣同鄉聽聞他要來，也作了安排，台灣人的人情味令他很感動。為了歡迎他，用了一部最新型的賓士汽車來接待，那在台灣一直是以往有錢人最愛的車，來到國外，他們一直維持這樣的喜好，代表著過往在台灣無從得到的享受與地位吧！

但這不是重點，重點在密閉的車窗、音效良好的音響流淌出來的，是一首一聽就知道是台灣的情歌。雖然不知道是哪個女歌手在唱什麼歌，但至少聽得出是台灣的流行歌曲，台灣情歌專有的一種愁情悲感曲調旋律，並非中國大陸高亢的女聲，咬字也並非中國大陸的腔調，述說的是一段沒有結果的戀情。

開車的台灣同鄉解釋地說，他一定收集最新的台灣流行歌曲，出道小有名聲的歌手、正走紅的歌曲，他都要瞭若指掌。

（同鄉說他用這樣來維持和台灣的關係。他不要被認為過氣、LKK，和台灣現狀脫節。）

難怪那女歌手輕輕唱來的情歌對他如此的陌生。陳俊英記得有一次上電視，被主持人問到一個據說當時正走紅的女歌手，他一臉錯愕。之後他的幕僚為他準備的資料，便得包含時髦的玩意：流行的潮流、人名、事件……什麼剩女、很潮、啃老族等等，這樣才表示親民，不曾與社會脫節。

他因而知道張惠妹、周董、五月天等等，但他會唱的仍然是像「黃昏的故鄉」、「補破網」、「綠島小夜曲」這類悲情的台灣歌謠。

曾幾何時，連海外的同鄉也不再聽這樣的歌。

（畢竟鮭魚也已經返鄉近二十年了。）

這個一定收集最新的台灣流行歌曲的同鄉，用這樣的方式來抵擋他一定也害怕的過氣吧！

## 2

憑著一貫敏銳的嗅覺與政治判斷，陳俊英知道「台灣獨立」說詞，在現時西方社會普遍對中國認同交好的情形下，雖很困難於得到支持，但在國際之間，一味的倒向中國也會散失僅存有的最後一點籌碼。

他也絕不會忽略提出：中國對台灣經濟上的重大支配，已經嚴重到甚且到足以影響總統大選。

（總統大選他那麼少的得票率，便是明證。）

呼籲維持一個自由民主的台灣，一定不容易被反駁。陳俊英便仍然英雄式的提出中國得撤走沿海對著台灣的上千枚導彈、「血洗台灣」的武力恫嚇，和平協議下兩岸方能有進一步的發展空間。

有一回說著說著，他承認有點說過了頭，他說只要台灣的自由和民主繼續順利發展，他不會在乎是誰執政。

那與國際事務有關的大學女教授，中年的白種女人，十分懷疑地看著他說：

「我不相信。」

更清楚明言：

「你們兩黨對中國有如此截然不同的統獨看法，怎麼可能。」

他先有著被「逮到」的窘困，但立時不動聲色的說明：

「得由不斷選舉產生的政權，基本上沒有回頭路走，民主和自由絕對是人民一旦擁有即不願放手的選項。」

陳俊英作了個「這麼好吃」的吸口氣與呑嚥的豐富表情：

「我們嚐到過，這滋味真是太美好了，絕不會願意放手！所以自由與民主，必然要超越黨派。」

是因著吸進太多氣？陳俊英說著說著，一時竟有些失聲。

那夜裏，他便作著這樣的夢。一個十分無聊但又生氣的夢，在中國、北京上海這類的大都市。

他在一家五星旅館裏與人喝咖啡，一個中國在地的女服務人員過來衝著他們講了幾句十分沒有禮貌、羞辱的話，是什麼醒過來倒真不記得了，只記得令他非常的生氣，那種真要暴跳如雷的生氣。找來經理之類的人抱怨，一時得不到想要有的道歉，愈說愈氣直僵在那裏……

夢還要繼續下去，可是他決定要醒過來。

便真的醒了過來。

他決定要從自己的惡夢中醒過來，這一回，他至少可以這樣的決定。許久以來，他難得的覺得十分暢快，至少，他可以作這樣的決定，決定權全然在他自己。

（打敗的還是夢呢，那無從掌控的夢，還是個十分無聊的夢！）

中國果真是個醒不過來的惡夢?!

離開台灣來到這異鄉後，他便一直作著各式的夢，他真覺自己又回復到了有作夢的能力，而且醒過來後能記得許多夢中的情境，歷歷的在心中重又反覆一遍。

他是不是一直在看，眼目所見的看到，牢裏的同學，並不是與他們一樣的「紅帽子」，而是後期輪調中偶有時會與他們關在一起的同學，那經營錄影帶店販賣色情錄影帶被逮捕的老闆，說完那 AV 女優，應大夥要求，那樣鉅細靡遺的正在訴說著「啃甘蔗」。

他看到那女人，白晃晃的一大條身體，依稀仍知道是女人，因著她明顯的有著一覽無遺肥碩的下垂乳房、粗壯的腰身、圓滾滾的大腿。

她就坐在前方不高的台子上。

手上不知從哪裏拿出一截甘蔗。

飄移晃動的「看」，卻如此清晰看到南台灣盛產的甘蔗，還不是做糖用的比較細枝的淺褐色甘蔗，是那種用來作甘蔗汁、啃甘蔗的粗壯紫褐色甘蔗，一節又一節還有粗凸的環狀甘蔗節。

接下來他一定是邊作著夢，眼目所見的看到那同學鉅細靡遺的訴說，邊替夢中添加補強完整的片斷。

有手臂那麼長的紫褐色甘蔗，近半被削去硬皮，露出白汁汁的甘蔗心，以油擦到油光水滑。另未去皮的一截，應是為使用留下甘蔗節，看出是要當握把。

（那女人的胴體先展開一些簡單的抬手、踢腿動作，沒有人多加以挑剔，逐漸的動作難度升高，甚至舞動起來，也沒有人鼓掌。）

每個人都在等待。

一陣子後她方舉起手上的甘蔗，握住未削皮的有粗凸環狀甘蔗節的一端，將削皮白甘蔗心的一端仰起頭來插入嘴中。看來似沒什麼困難，也沒看到她有持別努力的吞嚥動作，那甘蔗一寸一點的沒入她的口中，裸露在外的白色甘蔗慢慢愈來愈短，終至不見。

（零星有了掌聲，他拍手、不拍手都不是。）

就是一直擔心著，那女人身量不高，真不知道那吞下的那麼長的甘蔗，要穿腸越肚的直達她體內深處的哪裏。他便一直以為，那甘蔗真從她身體上端的喉胃腸插入後會直達陰道，是的，那甘蔗在女人的胴體的體腔內，不被阻擾的就是要插到陰道。

倒是很快的，她抽出這一截甘蔗。他方鬆一口氣。

醒了過來。

以為是醒過來了。

然後恍惚中仍知曉還在夢裏，而且恐懼著即將要來的，他要費盡力氣去抵擋不敢再繼續作下去的夢，以致渾身來了那劇烈的疼痛。痛到不敢想要能一點一寸的放下那痛，而是要能讓自己碎屍萬段的消失。要除去那痛的過程，已然得是撕開、斬斷、割捨、剝去、剷除……

被拖進後面的空房間，霎時間，只聽見拳腳聲和慘叫聲令人不忍卒聞，十五分鐘之後，被架回詢問室，奄奄一息地趴在桌子上，血水從髮叢間、眼角、鼻孔和嘴角汩汩流出，身子抖得厲害。

疲勞夜審、強光照射、喝鹽水、裸體坐冰塊、坐老虎凳、風火棒、坐飛機、掛首飾勳章、夾手指、拔指甲、針刺指縫、灌水、蹲馬桶、通電流。

還另外包含：拔牙齒、蹲木幹、灌辣椒水、灌汽油、背寶劍、遊地獄、陰道通牙刷、燒龜頭、強迫手淫、塞石灰、吃狗屎、打破睪丸。

是在夢中？他一再一次又一次的重經歷那刑求時的疼痛，而為了不敢再繼續持留在夢裏，他費盡力氣去抵擋接下來要夢到的，以致渾身來了劇烈的疼痛，不能一點一寸放下的痛，而是得撕開、斬斷、割捨、剝去、剷除……

要讓自己碎屍萬段的消失。

方或能停止的痛。

可仍不會中止。

那孕婦，被以她自己的長髮結成髮辮吊上空中，導致胎盤早期剝離，下體流血不止。

扒光她全身的衣服，讓她坐在一根吊起來的粗麻繩上，強迫一而再的用力摩擦——讓她下體血流如注。

宣稱畏罪自殺，再將屍體布置成自縊狀。右頰骨下有巴掌大的紫青，嘴巴微張，嘴唇發黑，舌頭未露出，左頸下有明顯勒痕……一切都指出她不是自縊身亡，而是被刑求致死。

抗拒著的，不惜撕開、斬斷、割捨、剝去、剷除……要讓自己碎屍萬段的消失才能不到來的痛，仍然要繼續。

他終還是必得看到他的母親，被逮捕坐牢前記憶中的母親，怎又是孩提時候的阿母，從綑成一把的竹掃把裏抽出一支，直直的朝他直射過來。他沒有跑，是移動不了身體（根本僵化無能動彈，還是他本就該站在那裏），竹掃把果真射中，（究竟射中身體哪裏）？掉下來怎麼是一截甘蔗（有手臂那麼長的紫褐色甘蔗，近半被削去硬皮，露出白汁汁的甘蔗心，還以油擦到油光水滑呢！）

他躺在地上。

一向有著豐厚油光水滑黑髮的母親，原該是在腦後盤成一個髮髻，現在全披散下來，黯黑散亂的黑髮蛇般的盤繞著她全身，亦步亦趨的跟隨著她的動作：她始終跪坐著移動、抬起手來、伸長手臂、直起腰身、軀體前傾、俯身下來、轉過身去……

而一股蛇般黯黑散亂的黑髮隨著她的每作一個動作滋生出來，每個動作連帶出一股黑髮，一股又一股，舞動，要吞蝕她。

她甚且無暇顧及去撥開那即要將她全身纏沒入盡的黯黑散亂的黑髮。

（啊！她是在擦拭著自己?!血，不是乾了？在一處又一處的傷口上，怎麼那不斷開闔的傷口，喋喋不休的一再一再開開闔闔。而隨著母親每一個帶動一股黑髮的動作，鮮紅的血，湧流，將一股又一股的黑髮全浸在鮮色的紅血中。

不被吞沒的只有母親的手，蒼白，如此削瘦的手。）

她散盡所有的一切進行營救，終打探出人被關於何處。

那早上還有中間人來拿取所謂營救的公關費，可是她下午得知，有一批被槍決的遺體，剛傾倒在那流經城市河流的水門邊。

她趕往現場，恐懼彌漫敢來認屍的人極少，她在無人相助下只有獨自於一具又一具的屍身中尋找。

終尋獲遺體。

她親手以事先備妥的消毒水為遺體淨身，她翻動那暴露在外二、三天的屍體，卻感覺到那身體軟軟的，彷佛見到她才肯斷氣般，鮮紅的血，不斷地在她的手下湧流出來。

可怎麼又是他，他自己的臉容，俯下頭來，翻動那身前橫陳的屍體，用事先備妥的溫水為身前的遺體淨身，手中明顯的那身體軟軟的觸感（不是已死了許多年了）？一定要見到他才肯斷氣，鮮紅的血，不斷地從屍體上淌流出來。

他不用看，也不用去分辨，他就是知道。是母親。

痛，不管仍是在夢中還是醒了過來，痛，就是痛，痛，痛……

他便要立即能醒過來可是通常愈想醒來愈陷入更深的迷夢中，直到他驚悸中哭喊著許久努力睜開眼睛，臉面上不見淚痕但渾身疼痛不堪，連要翻轉身爬起來都有困難。

便得繼續躺著，到來的仍是揮除不去的……痛，就是痛。

努力搖著頭好似藉此就能遺忘／不遺忘，然都只有是：痛。

是為了轉移那痛？那片刻他居然歷歷的記起，先前夢中甘蔗如此真實的可以從嘴直插到陰道的吞甘蔗表演，並非來自獄中同學的述說，而是他年輕時候一次與死黨同去觀看的真實經歷。

接下來他強讓自己回想：那女人，其實是個中年不具姿色的女人，說不上難看，但在這個行業裏顯然也不容易的女人，有著粗厚的雙唇，被形容為「切切可以裝一滿盤子」的外翻厚唇，略坍塌下的朝天鼻，倒是有雙雙眼皮深重的大眼睛。那女人深的膚色，訴說著極可能有原住民（那時候還叫做蕃、青蕃）的血統。

她進來，刷一聲脫掉身上穿的日式浴衣，裏面用料極少的比基尼幾可一覽無遺肥碩的下垂乳房、粗壯的腰身、圓滾滾的大腿。但至少三點不露，符合警察臨檢的規格。

同樣的在舞弄身體一番後，拿出一截甘蔗以手握住，將白甘蔗心插入下體，面對觀眾，半躺坐著由手的推托，一截一截的送入。一時也不知是被下體的肛門或陰道所吸入，就這樣整支不見只剩紫褐色未削帶凸節的甘蔗頭露在外面。

那甘蔗在吞吐進入的過程，是怎樣的在操弄著肛門／陰道尺寸的盤算。從陰道進入，有那麼長的陰道嘛?!連著子宮才能容下那麼長的甘蔗。

從肛門進入？怎麼解決那大腸接小腸的問題？

可為著那甘蔗有的陽具進出的想像，便一切都成為可能，而至整個胴體體腔全成了最大能容的性器，方容得下那手腕粗、尺來長的甘蔗／陽具。

他不願睜開眼睛，繼續盤算著那甘蔗可以到抵的所在。

是因著到目前為止的這輩子，還從來不曾有這麼多的時間。就連在牢中虛耗掉的十八年，他都還不曾覺得有這麼多的時間。

他以為他因而有時間頻頻的作夢

在這異鄉的土地上，因為有的是時間，夢不只是零碎的片斷，有時候還是整段整段，有清晰的人物、臉面，還有短暫的情節。只不過會有相關事件的錯置，A 和 B 不知怎的就跳脫、聯結在一起。

他便會醒過來後，躺在床上，還未全然回復清明的半夢半醒間，混著他過往的記憶，補足／修正夢。

可他一定會再掉落「那」夢。

# 3

他在這大學城，在那小小的城鎮上去了許多不同的地方，比如道路旁的各式咖啡館、每個區都有的小小商場，假日的農人市集，當然包括市中心、教堂、學校旁。他因著不同的，而至那小小的、基本上是沒有什麼可觀光的大學城，也會有更多在地的風情。

白天裏他現在可以有閒暇、有餘裕來發現，那開車往來大半個小時車程即可四處到抵的小鎮，因著鄰近海邊、因著地形的變化，有的地方居然較其他地方氣溫上可以差上好幾度。

起霧的時候，那霧明顯的顆粒粗大，霧來的時候以為是一陣煙塵，濛濛茫茫一片，然後才願意相信是霧。他的國家當有這樣迷濛到來的通常是塵土，而不是霧。

同樣臨海，他問了自己一個問題：為什麼不覺得霧相同。

這異鄉異地的霧，更是故事裏水手要找尋靠岸的燈塔，但迷霧遮隱去的一切，而至於船難發生，就在已經可以看到陸地的邊緣，仍然生存無望，方是最大的傷害與懲罰。

雖短暫居留，陳俊英巧遇也來訪問的佛教大師，聽聞了這樣的故事：

那善顯神通、有神通第一的佛陀弟子目連，有一天聽佛講經，聞佛的聲音無遠弗屆，不論到如何遙遠的地方都能聽得一清二楚如在身邊耳際，神通第一的目連便想測試。

（是不是也只有能神通的目連會起這樣的試探心、也方有能力來測試。）

啊！目連任由自己飛啊飛，飛向最遠的所在，好試看是否仍能聽到佛講經的聲音。

然後，目連迷了路，來到從未曾到抵的「過東方七恆河沙之佛土」。這裏的天界，凡比丘都長身高大有若巨人的華美之姿。他們看到以渺小簡單形象現身的目連，相較之下矮小不起眼的比丘相，便嘲笑他。

過東方七恆河沙之佛土的如來，那亦稱光明王如來的奇光如來，要眾比丘不得輕慢，告之，目連可是來自西方沙婆世界，釋迦牟尼佛的弟子，以神通第一稱著。

目連便顯神通，以隨身之鉢，將奇光如來的弟子五百比丘放入鉢內，一直送上大梵天。

眾人方心服。

可是能使神通的目連，卻不知如何回到他來自的地方。

奇光如來於是開示，要目連不可生輕慢之心想測試佛，回頭是岸，生懺悔心轉身向佛陀頂禮問好。

果真目連轉過身來，已然身處釋迦牟尼佛講經的所在。

面對著奇光如來的目連，只消一轉身，轉過身來，果真一轉過身來，還無需用到神通，就知道了自己的去處，能回到原先的所在。

他是不是因此認出了回家的路，只消一個轉身，啊！一切便只是如此。從前過往，都只是迷障。卻只消轉身，一個轉身，回頭是岸。

可問題在：轉得過來嗎？還是，轉過來的，並非是由前面即可轉到後面，翻轉過來，從正到負、從陰到陽。如果轉過來的，只是九十度、一百三十五度、甚至已經到了一百七十度，就差那麼一點點，還是不成轉到正，或者，轉太多了，跟本就超過一百八十度。

那麼，又會如何呢？

可就回不來了？

在那為夢追逐無盡的深夜黑暗中，他一定迫切的想要有光，他想起那奇光如來的佛國。

陳俊英發現他的語言在失落。

他出身反對運動，走街頭、演講場是聚焦的舞台，活動的場域。他更一向以機智聞名，他論起時政、講到蔣家政權正刮倒削，引動台下的人一陣「幹譙」，他出名的「豆沙嗓」：長時大聲喊話略嘶啞的低沉嗓音，迷倒無數群眾，在野台下站幾個小時只為聽他壓軸的演說。

可是他發現他在失去言語，他那過往讓萬人著迷叫好的説話能力。

一開始他以為是因著英、中文，當然還有台語夾雜。然後很快發現，即便以他最拿手的台語，或習慣使用的國語，他都詞句短缺，思緒難以連貫，説出口的都是最簡單的語句，不僅不再有豐茂的言詞、引人發噱的嘲諷比喻、激勵人心的鼓動，現在，他只能平鋪直述的説那些自覺一再重複而至索然乏味的話詞。

所幸還有這樣的時刻。

作運動的友人從島嶼來，轉述密令之類的訊息，要替那被指控貪腐關在牢裏的總統重組一個新的政黨。他在當地，自然首先被徵詢。

聚會例常的是在同鄉家中，

他看著從島嶼來的人笑笑説道：

「好啊！我也很樂意啊！可是現在我一個人牽不動了，需要個幫手。」

「沒有問題，越多人加入越好。」

「我要問一下 Kuma 桑，問他肯不肯做我的主任，再決定要不要參與組新黨。」

對方看到有此回應，高興的說：

「太好了，我也去拜訪 Kuma 桑一下，請託一下。」

全部在場的人全爆笑了出來，那笑是如此的開心、無有負擔，少有那樣真正開懷的大笑。

等大夥笑定（仍有人零零落落的爆出一、兩聲大笑）。

「可是 Kuma 桑是我們今晚的主人養的柴犬混狼犬的大型犬。」他不慌不忙的接說：「牠說好的話，肯做我的主任，自然就沒有問題了。」

## 4

那故事在校區流傳。

一個中國來的女留學生（一開始有說法是來自台灣）。經濟狀況不太好（當然不是一到美國就用現金買豪宅跑車的那種），據說是父母變現一切還加上借貸，才讓她到了美國。

女留學生要從一個租賃的地方搬到另一個地方。兩方距離很近，女留學生用一個小拖車（超市用的那種吧！）拉著少少的家當搬運，心想搬個幾回就行了，果真也搬好大半。

往來兩地之間，要經過一座天橋。

有一天早上，女留學生被發現死在天橋上，姦殺，身旁散落一地雜物。

顯然她最後一趟以手推車搬家是在昨夜夜裏。為什麼還在晚上搬家？難道不知道危險嗎？所有人都這樣說。

沒有人清楚究竟發生什麼事，這樣的姦殺一直、四處在發生，但因為女學生來自的背景（是中國、還是台灣？）華人圈中議論紛紛：

她究竟來了多久？怎麼會這樣不知道危險？

所有人都這樣說，這較她的被姦殺似乎更令人不可思議。

那天橋便成了疑慮的所在。

一樁姦殺案在天橋上發生，並非深夜，雖然天光已然暗下來，仍屬早夜，女留學生才會不覺得有立即的危險，繼續搬家。搬的說不定是最後一批家當，只消過得那天橋，到達新住處，等待的是新家裏第一夜的住居，儘管東西尚未整理一片混亂，床上被子床單也尚未鋪齊，仍是居所。

只她不曾走完天橋。

是在初上天橋不久，走到一半、過了四分之三、五分之四、還是即將步下天橋？總之，她不曾到達天橋的彼岸，在橋上被姦殺而死。

（是誰殺了她？女學生校園裏認識的，來自中國台灣都有，是熟識的人下的手，才會使她沒有警覺不曾意識到危險？）

建天橋一定是橋下有川流的車潮，而橋上有必過的不少行人，才會斥資興建，否則路口只會設有紅綠燈，還是那種北美洲通行時得按按鈕才會變燈的交通號誌。

有天橋的大馬路，終日車輛車水馬龍快速的一部又一部接連的通過。雙向四線的車道，夜晚到來，有一向會出現的全是尾燈，離去的那一方，通常是暗紅色的尾燈，排成一串車流，燈色不強寂靜的暗紅色小燈長排川行流動，並非孤單然十足的仍是寂寞，離去上路但旅途仍未竟的不安。

另一向迎面而來的全是車子大燈，就算不開遠燈也會有足夠的亮度，一盞又一盞的大燈隨著快速車行倏忽呼嘯而過，嘯嘯聲不絕於耳。

（也不曾停下，此處畢竟並非終程。）

天橋下繁忙的車流不保障天橋上女留學生的性命，她會不會也錯估了車流量、車燈是一種安全的指標？

然那高速通常緊閉的車窗阻絕的豈只是外在，封閉起來的車內已然可以是個自行延伸的世界，窗裏窗外在高速中已然斷難以移轉。就算有行經而過的車子偶打開車窗，也不可能看到、聽到高處正發生的暴行；就算看到有什麼在發生，倏忽而過的快速車速，真也只是浮光掠影，不可能知道究竟是什麼。

可是這成排成串通行而過的車子大燈，一閃一閃的接連，讓女留學生有一種明亮的安全錯覺。光亮也會讓她並非在黑暗中被姦、被殺。車燈過處，她會眼目所見的看到那強姦男人的形樣，他逼進的嘴臉，也許強要塞進她嘴裏、因為抗拒與掙扎反倒在她臉面上來去摩擦的男人性器：

是勃然的長條堅硬大物？還是軟趴趴不舉的一坨腥腐爛肉？

車燈過處，她必得眼目所見的看到、承受生命最後的殘害。

（如果凶手不是來自中國、台灣？不是熟識的人，會只是臨時起意的劫色害命？那麼，這個真是民族融合的國家，有白種人、非裔美人、拉丁裔美人、亞裔美人……還有來自各國的留學生，緝凶的範圍便如此廣泛，凶殺的理由更非單一。）

生命中那最後的時刻，驚嚇中閉上眼睛嗎？

如果是貨車、聯結的大卡車，那高大幾可與天橋齊高的車體，遠處即投射來車燈，靠近時直射亮光刺眼逼人。會想要呼救嘛?!睜開眼睛，看到的又會是什麼？車燈強光瞬間掃射過，然整個人被襲壓在天橋地面上，可還能被強光照到？那以為最後僅存的救命可能！

而當車子通過天橋，長重的車體加上速度，震動的豈只是地面，整座天橋也抖跳的晃動顫慄。

（行過的還會有來自中國的貨櫃，巨大的 COSCOS 字體；或者只以英文標示 Evergreen 的台灣貨櫃，龐然巨物兀自矗立於大型聯結車上。是剛下港口，從中國、台灣運貨行經此地，還是，滿載著物品要運回亞洲？

俱從天橋下穿行而過。）

那天橋跳動結合男人粗暴的進入抽出操動，更形銷魂？

也出聲呼救，立即被摀住嘴？揍昏？

那天橋上得有多久的時間不曾有人經過，才會這樣的暴行不曾被中斷？還得到了隔天，光天化日下，她的死亡才被發現。而一旁打翻的手推車裏仍有搬家的雜物，最後才帶走的牙膏牙刷沐浴乳洗髮乳浴帽浴巾睡衣吹風機面霜乳液剩下不多的衛生紙清潔劑燒水的壺中式的炒菜鍋菜刀鍋剷刷子打破的碗盤……

他聽聞來自中國、台灣的女留學生搬家途中在一座天橋上被姦殺，手推車雜物裏一只中式的電鍋，上面還有中文標籤（最好用來辨識種族、身分的證物）。那電鍋的中文標籤用的是繁體（正體）中文，還有英文清楚打著 Made in Taiwan，有一度，以為是來自台灣的留學生，引起在地的台灣人一陣紛擾。

警方不多久證實，現場找到的電鍋 Made in Taiwan，但確實是來自中國的女留學生。

那電鍋的鍋蓋不知是否滾下天橋欄杆縫隙，只剩印有 Made in Taiwan 的渾圓鍋身。從中灑出去大半鍋殘剩的稀飯，帶汁帶液的白米粒以長橢圓的形狀潑落在灰髒的地面上，黏稠濕糊，果真是剩飯殘羹，兩相混雜看來更形污穢。時間稍久，在北美洲乾燥的天候下，表面凝成一層薄皮，內裏更形藏污納垢的不知包含著什麼。

那潑灑出來的稀飯也淋上被姦殺的女留學生頭髮，頭部便好似是從一鍋稀飯中撈起，還是根本就曾浸滯在其中。黑色的過肩直長頭髮，經米漿沾黏，成雜色的灰、黑、白，十足假髮架勢，一條一掛的垂落臉面，有沾米粒的髮塊還被塞到舌頭半吐張開的嘴中，不知是要遮蓋、還是如同要吸吮吃食……

女子便彷佛橫張下體、軀體被彎扭成不可能的幾折，躺身在潑灑出去的灰糊蒙白稀飯中。

然有點點白米粒停落在女子血污裸身上，意想不到的潔白。衣衫被撕破拉下扯開的下體處，白糊糊的一團，會以為是噴灑出來的精液，但量如此大，其中更似夾著不知是米漿米粒（曾拿來作什麼）？

只有幾粒橘子不甚遙遠，滾動到稍遠處。

而天橋下，川流的車潮仍日以繼夜的急馳，朝向不同的方向，分秒之間在此錯身而過，依舊前行、前行、再前行。

（殺害她的凶手究竟是誰？）

他聽聞這一度被誤認為來自台灣的中國女留學生，搬家途中在一座天橋上被姦殺，說話的人一再不可置信的重複：

她究竟來了多久？怎麼還會這樣的不知道危險？

而夜色漫漫攏上終至窗外景物陷於全然的黑暗中。

# 終局：五個人的八家將

# 1

時隔近二十年後，我們，當然包括所有的林慧淑們／丁欣們／巫心怡們／王麗美們／葉莉們／李婕們／吳曼麗們／曾敏敏們／……們……

在一個公開的場合再見到他。

已然可以用國家的名義，公開的弔祭那超過半個世紀、正確的說是六十五年前的大屠殺事件。

是一場盛大的宴會，在五星酒店內，邀請來的俱是於今已成政治名人的過往異議份子、有淵源的商界人士……

他們的位置隔著要走過的走道，在室內算有一點距離，因為是斜對面，她四下環顧中，看到他。沒什麼感覺是真的，但總要打量一下：果真不顯老態，比她在電視上看到的年輕。

宴席進到尾聲，她正專心聆聽那素有「台獨教父」的大老談黨內枱面上重要的政治人物，連台獨是什麼都交代不清楚。所以當他居然走來她那一桌，而且就在她背後，她都渾然不知。

直到有同桌人拉拉她，她轉過身來。

「嘩！怎麼是你啊！」脫口而出。

寒暄中她真心稱讚他看來如此年輕，臉面光滑不見皺紋血色紅潤。

「打多少玻尿酸哦！」

「都是真的。」

他一再強調，她看來也不似有假。然政治人物如此強調「都是真的」不知為何就不是真的。

尤其他們一定不免要談政治。

（總比敍舊好，天知道能敍怎樣的舊，談他過往怎樣讓一個又一個女人懷非婚生的子女？）

她稱讚他們的老戰友出馬參選這一屆的黨主席，提出不同的看法激勵思考新的台獨可能，她禮貌、不由衷的鼓勵他也該重新出馬，在政壇上占一個位置，才有發言權。

「我是不要這些的，這些權勢、位置都不在我眼裏。」他信心滿滿的說：「如果我要的話，上一次百萬人的大遊行，我雖不是帶領的那個人格者，但也會跟著發起人衝進總統府！妳不知道當時有多少人要他這樣作呢！」

他講的永遠是往事，他過往的神勇事蹟，果真他又說：

「我是不要這些的，我和那帶領的人一樣，一直以來只以兩個人為目標，甘地和曼德拉。」他話題一轉：「我和曼德拉在美國見面，妳在嘛！」

「我不在，你記錯了。」那夜裏她第一次心中冒起一陣酸意。

（那一次誰跟他在一起？）

他也立時換了另個話題談他的新著作。

她沒看，也不想接這樣「自我感覺良好」的吹噓，便換了另個方式稱讚他，也知道他不會生氣：

「你都不老，簡直像個怪物，老妖怪，對啦，老妖怪。」

他果真沒生氣，還幾分自得。

「坐牢的時間不算歲月，當然不老。」

旁邊的人幫腔，並拿出相機要照相，說是要賣給八卦雜誌。他們兩人便好似要一起表態似的站得極為靠近，近到他們的身體碰觸在一起，也不約而同的相互伸手摟住對方，他比較高摟的是她的肩，她比較矮摟的是他的腰。

狀似十分親膩好似二十幾年來他們一直這樣相摟著——即便只在公開場合。

她明顯感到他粗肥起來的腰，幸好還不塌軟。低頭看他長版西裝嚴嚴扣著的外套下凸出的小腹，二十年前他就有小肚子，他們文化裏認為男人一到中年要有的，才攬權有勢。現在肥大的腰裝的，恐怕都是酒。

之後她拉拉他留長過耳的頭髮，本來只是為了要笑弄，說：

「不會沒染過吧！」

「這，沒什麼啦。」

他的回應果真一如往常的政治，沒正面回應，顧左右而言他，但也不曾肯定、否定，總是預留伏筆，隨著情勢發展再看如何接說。

她便知道那頭髮是染過了的。

很高明的染成參差的褐、灰白，看來像真的一樣，只出乎意外的柔軟，完全與她印像中兩樣。畢竟有了年紀髮量不多，也因此才能留這樣過耳直髮，加上顏色不深，不會顯污穢不會邋遢，而可以被稱讚有型。

她從不記得他有這麼柔軟的細髮絲，反倒記得他一頭茂盛黑髮並不特別細軟，如今觸手的軟細，方才讓她是夜裏第一次心中一動。

她因而回想他早在二十幾年前，剛最後一次從牢裏出來，就用染髮劑在染鬍子。

他對著她浴室的鏡子，小心翼翼的用一把小毛刷，在挑出的白鬍子細細的一根根染黑。

那留在手中柔軟的細髮絲的感覺，不知怎的，較是夜為拍照彼此靠近摟抱，更喚起她曾有過的身體接觸。

（這部分倒沒什麼不好，即便在當時，他的性能力就沒有傳說中的好，但總也不差，二十年後，不知如何了?!

總是光陰、總是時日。）

女作家說：

「你們兩個人正式見到面，我就只會用一對曾經在一起的女人和男人來看。」

她方赫然驚心。

曾在一起的女人和男人近二十幾年後公開場合重逢，應是怎樣的情形？

「當時我趕快走過去。」女作家說：「想必要的時候要橫在你們之間。」

「哦？」她哈哈笑了起來。「妳以為會發生什麼事。」

女作家不語。

「妳以為我會當場甩他一個巴掌？」她高興的笑著說。

女作家臉上明顯有著本來就應該如此、一點不以為過的表情。

「不過這樣作會傷到妳就是，世俗定義上，還是希望妳能夠表現得很有風度。」

這回她明顯的婉惜：

「那我真該甩他一個巴掌了。」

是夜裏她不曾為什麼「情已逝、愛已遠」有一丁點的傷感，她知道早早就擺脫了這類情感的羈絆。倒是為聽完女作家所説，她不曾符合大夥預期的甩他一巴掌，居然有些失落，方才動念想到：

「原來可以這樣作。」

也明白到這樣作大快人心的不是因著她和他的情感牽聯，而是大夥對他政治立場搖擺的不滿，或者説，不屑。

他坐在她身邊和她講了話（知道公開場合不宜久留，或者他現在的女人一直坐在原位）。要轉移陣地，他抬眼四望搜尋下個過去打招呼的目標。

那麼渴切的要找值得社交的對象，以致他連番轉動他的頭、脖頸搜尋。

他真的是不一樣了。

她心中幾分黯然。在過往，即便在他政治生涯起落的時候，他都還穩穩的維持這樣的姿態：

只有旁人過來和他打招呼。他永遠是那或坐、或站的中心，周圍一圈人。

他們的時代真的在過去。

我們，當然包括所有的林慧淑們／丁欣們／巫心怡們／王麗美們／葉莉們／李婕們／吳曼麗們／曾敏敏們／……們……時隔二十幾年後，才在一個公開的場合再見到他。

（我們，當然還包括那女作家。）

我們不曾符合大夥預期甩他一巴掌。我們是有了這樣的體悟，方不致如此，可或是，我們真是失去了最後一個美好的機會?!

晚宴近尾聲。

在那紀念餐會上，不知是誰的主意，請來了一班八家將，本來期待會有八個青壯年男人，臉上塗著各式油彩、身上穿著斜露出一個肩膀的黃橙色虎皮紋路衣服，在台上，即便是小小的舞台上，操演著那充滿著儀式祭典的走步。

一開始也果真如大家預期，一個手持大把線香、臉上畫上彩妝的道士，在舞台上施行起種種祭拜神、鬼的儀式，燃燒著的線香幾個走步後，在一次揮灑的畫圓圈動作之後，線香火把驟然全數熄滅，然而終究完成開場的祭拜儀式。

可是接下來安排的人別出心裁的讓八家將由宴會廳的各個入口進入，一時，在一張一張的圓桌之間，在穿著正式、華麗衣裝的男女之間，在潔白的桌布上已經擺滿豐盛的各式菜餚，突然之間穿插入那明顯來至異界的角色，而且操練起各式各樣的身段、台步，奇異的氛圍滿布那五星級飯店華麗的宴會廳。

當八家將陸續走上舞台後，與會的眾人發現，只有五個男人扮演的八家將在現場。每個人的心中都可以了解是因為舞台太小，畢竟只是五星級飯店的宴會廳，稍高的小小舞台本來只是用來作簡單的表演。突然之間，這個基本上只是在空曠的戶外場地表演的八家將，來到了這小小的舞台上，當然不敷使用。

然而少掉了三個表演者、只剩下五個的八家將，雖然滿滿的充塞在在舞台上，不知為何總令人覺得有所欠缺。雖則即便只有五個八家將，舞動起來，也充滿了神奇、奧祕的氛圍，彷彿那能與神鬼溝通、越界的能力仍然存有。呼喚回來的，可是那自焚而死的烈士？連帶著帶回來的，可又是多大的冤屈？是不是那始自上個世紀後半期的殺戮，全數的在八家將的召喚中，悉數回轉？

是因著八家將的演練，方才那悲情已過，一切俱只存留著形式的紀念會上，仍有著哀傷的氣息。

女作家不自覺的站起身，是要向演出者致意，還是要離去，一時，連她自己也無能區分。

九歌文庫 1157

# 路邊甘蔗眾人啃


| | |
|---|---|
| 著者 | 李昂 |
| 責任編輯 | 鍾欣純 |
| 創辦人 | 蔡文甫 |
| 發行人 | 蔡澤玉 |
| 出版發行 | 九歌出版社有限公司 |
| | 臺北市105八德路3段12巷57弄40號 |
| | 電話／02-25776564・傳真／02-25789205 |
| | 郵政劃撥／0112295-1 |
| 九歌文學網 | www.chiuko.com.tw |
| 印刷 | 晨捷印製股份有限公司 |
| 法律顧問 | 龍躍天律師・蕭雄淋律師・董安丹律師 |
| 初版 | 2014（民國103）年4月 |
| 初版 2 印 | 2014（民國103）年5月 |
| 定價 | 300元 |

書號　F1157
ISBN　978-957-444-936-1
（缺頁、破損或裝訂錯誤，請寄回本公司更換）

國家圖書館出版品預行編目資料

路邊甘蔗眾人啃 / 李昂著. – 初版. --
臺北市：九歌, 民103.04

面； 公分. -- (九歌文庫 ; 1157)

ISBN 978-957-444-936-1(平裝)

857.7 103003708